# EINEN SOMMER LANG

*Über das Buch*

Da rennt einer also los. Von München über die Alpen und den Balkan bis nach Istanbul. Und weiß doch genau, dass der Weg bereits das Ziel sein wird. All die Geschichten, die Menschen, die Zweifel, die diesem Denis unterwegs begegnen. Und die Erinnerungen an Zeiten, in denen es ganz anders lief.

*Einen Sommer lang* ist kein Heldenepos. Und auch kein Motivationsratgeber über die Awesomeness, die in jedem von uns steckt. Es ist ein sehr persönlicher Lauf durch ein Leben. Und dennoch, nein gerade deshalb eine ziemlich allegorische Antwort auf diese eine Frage: Warum laufen wir? Es ist der beste aller Wege.

*Der Autor*

Denis Wischniewski, geboren 1973, wächst im schwäbischen Lichtenstein auf. Geprägt von seinem Vater beginnt er in früher Kindheit Sport zu treiben, spielt Fußball und Tennis, um schließlich auf dem Fahrrad zu landen. Seine Leidenschaft für Ausdauersport entdeckt er jedoch erst wieder 2007 im Laufsport.

Der Vater zweier Kinder lebt heute in München und gibt eine Zeitschrift für Trailrunning heraus.

Er glaubt, dass Laufen die beste Medizin unserer Zeit ist und am besten in die Berge und den Wald passt.

*Denis Wischniewski*

# EINEN SOMMER LANG

EDITION TRAIL

*Trail Magazin Verlag*
*Edition Trail*
*Aignerstr. 43*
*D-81541 München*

1. Auflage 2017
Deutsche Erstausgabe

Originalausgabe


Lektorat: Alexandra Steiner, Clemens Niedenthal
Gestaltung: Denis Wischniewski
Coverfoto: Georgi Angelov
Inhaltsfotos: Denis Wischniewski
Satz: Denis Wischniewski
Druck und Verarbeitung: Frick Kreativbüro & Onlinedruckerei e.K.
Printed in Germany
ISBN 978-3-96341-001-7



Mehr Informationen unter: www.trail-magazin.de

Für meine Mutter

*Zu wissen, dass du eins bist mit dem was du tust, dass du ein kompletter Athlet bist, beginnt damit, dass du daran glaubst, dass du ein Läufer bist.*

George Sheehan

## INTRO

Laufen. Ich versuche ständig meiner Umwelt zu erklären, wieso ich so gerne laufe. Mit Laufen meine ich eigentlich »Joggen«, aber ich würde es selbst nie Joggen nennen, denn das, was ich mit dem Laufen verbinde, ist für mich sehr, sehr viel, und Joggen wäre dafür als Begriff völlig unzureichend. Ich habe einiges ausprobiert und nichts war dabei, was mich so sehr in die Spur brachte wie eben dieses Laufen. Ich versuchte mich an Musik und musste feststellen, dass ich gerne auf so einer Bühne gestanden hätte, man aber gut daran täte, ein Instrument zu beherrschen. Dies zu erlernen empfand ich als sehr mühsam und legte die schöne Bassgitarre wieder zur Seite. Ich zeichnete Bilder auf großen Leinwänden, ich sprühte wilde Schriftzeichen und riesige Fratzen auf Bahnwaggons – das Wegrennen, als die Polizei im Anmarsch war, fand ich spannender als das mühsame Ausfüllen der Outlines mit Farbe.

Vor dem Laufen war für mich das Rennrad mein Sprachrohr. Es rollte ganz wunderbar, es glänzte und ich fuhr damit in eine neue Welt. Aber hier und jetzt rede ich vom Laufen und davon, wie toll es sein kann, einfach davonzulaufen, einfach stundenlang zu rennen, über Berge, durch Wälder, durch hohes Gras und auf schmalen Pfaden an Flüssen entlang, die sich ihren Weg durch die Natur suchen. Ich laufe und vergesse dabei die Zeit, ich sortiere meine Probleme, ich werfe schlechte Gedanken links und rechts in den Graben. Ich weiß, es gibt Menschen, die werden jetzt denken, dass all das auch beim Tennis, Golf, Badminton oder Mountainbiken funktioniert. Aber ich laufe. Ich laufe.

Ich glaube, es war dieser eine Lauf, der vieles für mich veränderte. Es war ein normaler Wochentag, ich lief an einer durchschnittlich befahrenen Straße entlang und ich meine mich daran zu erinnern, dass es anfing zu regnen. Kein spektakulärer Regen. Es war kein Sturm, es war nicht besonders kalt. Eigentlich hätte es heiß sein müssen, aber der ganze Sommer war verregnet und kein Sommer im eigentlichen Sinne gewesen. An diesem Tag, bei diesem Lauf entdeckte ich mich wieder. Es war – das klingt jetzt natürlich über alle Maße übertrieben – eine, meine Auferstehung.

Ich war nicht tot oder schwer krank, aber auch nicht besonders fit. Bei der Arbeit war ich der Grafikdesigner, der, wie es sich für echte Grafiker gehört, die Layouts macht und keinen Sport. Mein Chef – selbst kein eisenharter, durchgeformter Athlet – wollte festgestellt haben, dass ich eine »konvertible Figur« hätte. Entgegen den sportliche Kollegen also kein V, sondern eher ein M. Ich glaube, er fand unterbewusst das unfitteste Glied der Kette in mir, noch nach ihm. Und das tat ihm gut.

Dieser Lauf an diesem Tag wurde also zu etwas richtig Großem. Ich war zuvor seit rund zwölf Jahren nicht mehr so lange gelaufen und hatte überhaupt mit der »Joggerei« erst wieder vor fünf oder sechs Wochen begonnen. Ich durchbrach laufenderweise die 60-Minuten-Mauer und bekam, entlang dieser Bundesstraße, auf diesem Radweg, ein irres Gefühl. Es tat einen Knall, Konfetti und Luftschlangen regneten auf mich herab. Heute würde ich Flow dazu sagen. Kannte ich damals natürlich nicht. Ich lief quasi von alleine. Mein M-Körper rollte. Ich lachte, ich grinste. Ich wollte den Zustand einordnen, aber es gelang mir nicht. Es war wie kiffen mit hoher Herzfrequenz. Ich muss mir heute leider eingestehen, dass mir so etwas Fabelhaftes nie wieder als Läufer passiert ist. Es hatte etwas Jungfräuliches, und weil einem 30 Jahre alten Mann nur selten jungfräuliche Dinge widerfahren, bleibt dieser Moment für alle Ewigkeit. Total genial.

Das war also rückblickend der Beginn einer großen Leidenschaft und der Anfang meiner zweiten Lebenshälfte. Am Rande dieser Bundesstraße war mir natürlich nicht mal ansatzweise bewusst, dass laufen für mich in den kommenden Jahren Beruf, Hobby, Lebensstil und noch viel mehr werden würde. Ich lief, ich rannte, mein Körper tat etwas, was er vergessen hatte, aber wofür er bestimmt war. Zunächst war es ja nur dafür da, dass aus diesem M-Körper zumindest wieder ein N und meine Haut wieder durchblutet wird. Das mit dem dünnen I sollte später kommen.

## JUGEND

Mein Vater ließ sich in den frühen 1980er-Jahren tatsächlich für die Sozialdemokraten bei der Gemeinderatswahl aufstellen, und weil er überraschenderweise bei seinem einzigen Waldlauf gesehen wurde, hieß es dann in seinem Steckbrief in der Lokalzeitung, dass er Marathonläufer sei. Was hätten sie auch schreiben sollen? Er rannte an diesem Abend tatsächlich wie ein Getriebener durch den Wald. Er wäre heute damit ein Trailrunner. Aber damals ...?

Viel interessanter im Zusammenhang mit diesem einen Lauf war aber die Tatsache, dass mein Vater loslief, ich ihn dabei beobachtete und in einem hellbraunen Nicki-Jogginganzug mit dem Frontaufdruck »Jogging« einfach hinterherrannte. Für rund 20 Minuten bewusst in einem Sicherheitsabstand von 150 Metern. Ich keuchte, ich hatte Seitenstechen und wurde erkannt. Er blieb stehen und meinte: »Jetzt, muaschd fei mit. Die ganze Runde.«
Ich sagte nichts. Darauf hatte ich ja schließlich spekuliert. Mein Vater nahm keine Rücksicht. Ich blieb dicht hinter ihm, mein Kopf wurde rot, ich hatte Seitenstechen, meine hellblonden Haare klebten im Gesicht. Nach acht Kilometern waren wir wieder zu Hause. Ich war stolz. Mein erster Stolz und das erste

Mal im Leben, dass Sport für höchste Gefühlswelten sorgte.

Ich blieb nicht beim Laufen. Es waren schließlich die 1980er. Mein Vater hatte seine Fußballkarriere beendet, die für meine Begriffe erfolgreich gewesen war. Sie gaben ihm den Spitznamen »Jaguar«, weil er antrittsschnell über die Flügel spielte und bis in die dritte Liga bolzte.

Mein Vater war ein klassischer Ballsportler. Ich bewunderte ihn sehr dafür. Er konnte unglaublich gut mit Bällen umgehen und er erinnert mich bis heute an Franz Beckenbauer. Ich glaube bis heute, dass mein Vater mit etwas Glück und den richtigen Kontakten ein echter Profifußballer hätte werden können. Er war nur vermutlich einfach kein guter Teamplayer.

Wir traten kollektiv in den Tennisclub ein und mein Vater bezahlte für damalige Verhältnisse viel Geld für den Familienjahresbeitrag und Ausrüstungen, die man aus dem TV kannte. Ich bekam den Schläger von Steffi Graf, mein Vater spielte Modelle von Ivan Lendl. Ich bekam sogar Tennisunterricht und stand, während mein Vater mit Freunden spielte, stundenlang an der Tenniswand und schlug den Ball dagegen, der immer wieder zu mir zurückflog. Einfallswinkel gleich Ausfallswinkel.

Ich erinnere mich an das wichtigste Ereignis in unserem lokalen Tennissport: Es war die Sommerparty. So etwas wie die Oscar-Verleihung, nur in der schwäbischen Provinz. Das Highlight im Club. Diese Tennisspielerei im Jahr 1985 spülte völlig seltsame Städter zu uns ins Dorf. Plötzlich hatten wir es mit Menschen zu tun, die perfektes Hochdeutsch sprachen, Sportwagen fuhren und zwischen den »Matches« Piccolo schlürften.
Zu jener Zeit war es für eine Hausfrau das Allergrößte, an einem Mittag, unter der Woche, auf dieser Terrasse vor dem Tennisclubheim zu sitzen und einen Piccolo oder einen Sektorange zu trinken. Dieses Statement allein schon. Der Rest arbeitet und wir hocken nach einem Match, nach Longline und Volley, über alle Dinge erhaben, hier herum und sonnen uns.
«Mein Mann ist Doktor«, »... selbstständig mit Krimskrams, der sich wie Bolle verkauft – was kostet die Welt, steigen wir in das Peugeot 205 Cabriolet ein und fahren davon!«

Ich fand das zunächst befremdlich, später seltsam und bald seltsam interessant. Mein Vater parkte seinen auf Hochglanz polierten Fiat Tipo selbstbewusst zwischen Mercedes, Porsche und Range Rover.

Im Übrigen war meine Kindheit sehr durchschnittlich mit einem erkennbaren Ausschlag in Richtung Sport. Ich hatte wenig Interesse an Büchern, dem Klavierspiel oder anderen feinsinnigen Dingen. Meine Eltern betrachteten Dinge sehr pragmatisch. Das tun sie bis heute und ich liebe sie sehr dafür. Jahre später sollte mein Vater zu meinem Chef im Lehrbetrieb einmal sagen: »Jetzt lassen Sie den Jungen doch einfach früher Feierabend machen – er muss doch anständig trainieren!«

Ich besuchte die Realschule. Ich hatte Zweier, aber mehr Dreier. Hätte man damals gewusst, was ADHS ist, wäre ich der Erste gewesen, dem man Unmengen an Ritalin verabreicht hätte. Ich wurde nie geschlagen. Ich wurde nicht missbraucht. Meine Eltern tranken kaum Alkohol, sie waren nicht reich, sie waren ebensowenig arm. Wir fuhren beziehungsweise später nur noch meine Eltern einmal im Jahr in den Urlaub nach Südeuropa, meist nach Jugoslawien, bis dort der Krieg ausbrach; und im Winter ins Allgäu zum Skisport. Mein Vater trug einen Oberlippenbart, als es Mode war, solche Bärte zu tragen. Ich hatte einen Vokuhila, als alle anderen auch einen hatten, und meine Mutter trug Blusen mit Schulterpolstern, weil das alle anderen Frauen auch taten. Meine Eltern rauchten sehr viel. Ich erinnere mich an ein ständig vernebeltes Wohnzimmer, an lustige Abende, die sie mit Freunden bei Jim Beam und Erdnussflips zubrachten.

Ich glaube, meine erste Liebe waren die Rennräder. Es gab Fahrräder und es gab Rennmaschinen. Ohne Schutzblech, ohne Licht und mit schmalen Reifen. Damals war das anders als jetzt. Man bestellte Fahrräder nicht im Internet, weil es noch kein Internet gab. Man konnte nicht konfigurieren und auch keine Preisvergleiche anstellen.
Es gab da dieses Schaufenster. Ein Damenrad mit Schutzblech und abfallendem Oberrohr, das den Auf- und Abstieg mit Rock erleichtern sollte, ein Moped der Marke Zündapp, eine ganze Menge verschiedenster Nähmaschinen und eben dieses Rennrad. Ein sogenanntes Jugendrennrad in dunkelblauer Metallic-Lackierung und dem Schriftzug MOTOBECANE auf dem Steuerrohr. Preis: 390 Deutsche Mark. Ich lief täglich daran vorbei. Blieb stehen und prägte mir jedes Detail ein. Ich schlief mit dem Rad im Kopf ein, ich wachte damit auf. Ich zeichnete es während der Schulstunden auf die Rückseiten der Aufgabenblätter. Meine Klassenkameraden träumten von sogenannten Achzgern, von Zungenküssen mit Madonna oder Samantha Fox, und ich hatte nur Augen für dieses Rad. Der Besitzer des Ladens kannte mich. Er wusste, wer ich bin, und winkte von drinnen nach

draußen. Ein dicker Mann, der sich sehr gut mit Nähmaschinen auskannte, aber natürlich von meinem Rennrad keine Ahnung hatte. Er hatte dennoch den nötigen Respekt und verkaufte über Monate hinweg dieses Fahrrad nicht. Ich glaubte, er würde zu Kaufinteressenten sagen: »Tut mit leid, ich kann dieses Rad leider nicht verkaufen, denn Denis Wischniewski wird es in vierzehn Monaten kaufen. Er schaut es nämlich täglich an und es würde bei Ihnen auch nicht funktionieren. Es würde bei Ihnen einfach nicht rollen.«

Ich weiß also nicht mehr, welcher Tag es war, aber ich atmete tief durch, öffnete die schwere Ladentür und stand vor diesem dicken Mann, der zu meinem Erstaunen nicht mal im Ansatz wusste, was ich von ihm will.

»Ich will das Rennrad kaufen.«

»Das blaue Jugendrad?«

»Das Rennrad von Motobecane!«

»Das im Schaufenster?«

»Ja.«

Ich hielt 390 Mark in der linken Hand und hatte die rechte in der Hosentasche stecken. Ich war nervös. Er hob das Rad wie ein Riese nach oben, zirkelte es aus der Ecke, direkt vor meine Füße. Er stellte den Lenker gerade, pumpte die Reifen auf und ich rollte das Wunderstück auf die Straße.

Das ging dann so weiter. Die Konfirmation war für mich völlig zweckentfremdet. Ich lernte einmal pro Woche brav die Bibelverse auswendig, freute mich über den Pfarrer und seine zweifellos charaktervolle Art, aber das Fest hatte eben nur einen Sinn: das rote Rennrad der Marke Basso, mit Klickpedalen der Firma Look. Am Sonntagmittag war ich nach protestantischem Brauch konfirmiert worden und hatte von den Verwandten, nachdem sie mit Braten, Salat und Knödeln zufriedengestellt waren, genau 1.600 Mark in diversen Briefkuverts bekommen. Die Geldscheine lagen in der Mitte mehr oder weniger kunstvoll gestalteter Gratulationskarten. Die Glückwünsche überflog ich und steckte das Geld in die Hosentaschen.

Ein Tag später. Montag. Erster Werktag der Woche. Mein Vater befreite mich völlig selbstverständlich von der Schule und wir fuhren pünktlich zur Ladenöffnungszeit um 9 Uhr 30 zu Radsport Reiff nach Reutlingen. Um 9 Uhr 45 war ich Besitzer eines italienischen Edelrenners. Im Nachhinein waren die Komponenten völlig daneben. Ich verzeihe es mir bis heute nicht, dass ich auf Shimano 600 setzte und die offensichtlichste Konsequenz, das Basso mit Campagnolo-Teilen auszustatten, einfach außer Acht ließ.

Ich bin heute sehr dankbar, dass ich in frühen Jugendjahren ein Hobby für mich gefunden hatte, das mich mehr als alles andere fesselte. Ich fuhr auf dem Rad durchs Dorf, spielte Ausreißer und Verfolger, ich machte aus den 300 Höhenmetern hinauf auf die Alb-Hochebene meine persönliche Tour-de-France-Bergetappe.

Ein Jahr später kam es, wie es kommen musste, und mein Vater meldete mich bei einem Radsportverein an. An einem Mittwochabend stand ich zum ersten Mal am Treffpunkt des Jugend- und Juniorentrainings. Im Minutentakt rollten Jungs an, die das bereits länger machten. Die waren sich ihrer Sache schon ziemlich sicher und sahen entsprechend cool aus. Rasierte, eingeölte Beine, Rennmützen und verspiegelte Brillen aus den USA. Kein Lachen. Ein anderer Junge erlebte an diesem Tag auch sein allererstes Training. Er ist heute noch mein bester Freund. Wir wurden vom ältesten Fahrer der Gruppe, einem Schönling mit Strähnchen in den Haaren und einer Tolle, mit dem Satz »Na, was seid ihr zwei denn für Pfeifen?« begrüßt. Der ist heute mein zweitbester Freund.

Ich fuhr also viele Jahre Radrennen. Jedes Wochenende. Quer durch die Republik. Manchmal drei Rennen pro Woche. Oft 50, 60 Wettkämpfe pro Saison. Ich wurde Zweiter, Dritter, siegte leider nie.

Ich fuhr sogenannte Kriterien, Rundstreckenrennen in der Pfalz und ließ mich von Konkurrenten mit Stiernacken und Megawaden mit dem Ellbogen gegen die Absperrungen schieben. Ich fuhr genau drei von 50 Runden von jeweils 800 Metern Länge und mein Vater lud das kaputte Rad in den Kofferraum und wir fuhren wieder heim, ohne auch nur im Traum daran zu denken, das Rennen bis zum Schluss anzuschauen. Später fuhr ich eine Weltmeisterschaft und Weltcuprennen auf dem Mountainbike und irgendwann war es mir mit 20 einfach zu viel. Ich erinnere mich nicht mehr an den Tag, aber ich war einfach kein Rennfahrer mehr. Die Lizenz, die man benötigt, um bei Wettkämpfen zu starten, löste ich nicht mehr, und damit war der Radsport Geschichte. Die ambitionierte Radsportgruppe löste sich leise auf und jeder ging seiner Wege. Einer wurde Lehrer, ein anderer erfolgreicher Manager, einer nahm sich das Leben, ein anderer später auch, und ich verzog mich in die Untiefen der Subkultur.

Um jemals wieder mit so einer Faszination und Euphorie Ausdauersport zu machen, musste ich mehr als zehn Jahre genau das Gegenteil tun. Ich bewegte mich nur noch wenig und wenn dann ohne den Hintergrund, dass es meiner Gesundheit dienen könnte. Ich entdeckte Musik, Punkrock, Mädels mit blauen Haaren und Nasenringen, ich wurde Teil einer Subkultur und entwickelte mit einer ähnlichen Passion wie für das Basso eine Leidenschaft für das neue Leben ohne Sport. Das ging ziemlich lange gut. Für einen ehemaligen Leistungssportler beherrschte ich sogar das exzessive Rauchen sehr gut. Es war wirklich kaum noch zu erkennen, dass ich jemals Sportler gewesen war.

## MAI 2016

Nur elf Euro für einen soliden, gepflegten Herrenhaarschnitt. Mitten in Giesing. Arbeiterviertel. Das ist dort, wo München noch working class ist, wo die Löwen wieder kicken. Selbst die feinen Damen findet man in diesem Haarsalon. Sie würden natürlich nie darüber reden, dass sie sich ihre Haare genau dort frisieren lassen, aber bei diesem türkischen Friseur sind die Preise eben niedriger als im Zentrum von München. Klar, die Atmosphäre ist nicht ganz so elitär. Und dennoch, wer mag, kann auch hier *Gala*, *Bunte* und *GQ* lesen. Seit ich diesen Laden entdeckt habe, liebe ich den gepflegten Herrenhaarschnitt, gehe ich regelmäßig zum Schneiden, und mit etwas Glück bekomme ich sogar Bart und Augenbrauen gestutzt. Zu Anfang war ich sehr geschockt – er war mit meinen Haaren also soweit fertig und dann ...

»Soll isch noch Augenbraue?«

»Ähm ja, wieso? Also muss man das?«

»Isch mach, is voll lang, ey! Voll dem Wildwuchs!«

Heute bin ich also Stammgast und freue mich jedes Mal über die unverstellten Gespräche mit dem Friseur, der ursprünglich aus dem Osten der Türkei stammt und in seiner Jugend jedes Jahr mit seinen Eltern in die Heimat fuhr. Zunächst zweimal im Jahr, dann nur noch im Sommer und jetzt eigentlich fast gar nicht mehr. Es wäre wunderschön dort im Osten und die Berge sehr hoch, aber er würde nie auf die Idee kommen, dort hochzuwandern. Wozu solle man das auch, sagt er mir. Und dann nehme ich meinen Mut zusammen und sage zu Jusuf: »Weißt du, dass ich diesen Sommer, also in genau zwanzig Tagen, von hier bis in die Türkei laufe?«

Er sagt nichts. Er rasiert mir den Nacken aus und sagt einfach gar nichts, blickt demonstrativ-uninteressiert aus dem Fenster.

»Ich wandere von München, also nein, ich renne, ich jogge bis in die Türkei, nach Istanbul! Fünfzig Tage lang!«

»Das geht nischt. Macht niemand. Kannst du fliegen. Voll billig. Brauchst du Kontakt wegen Flug und Hotel?«

In den folgenden Tagen laufe ich noch mehrmals am Friseursalon vorbei, bleibe stehen, winke Jusuf zu und hoffe, er würde seinen Kunden für einen Moment sitzen lassen, nach draußen treten, mich umarmen und mir viel Erfolg wünschen. Er tut es nicht, er kann es nicht, denn er hält mich allem Anschein nach für einen völligen Irren, der ihm irgendwelchen Unsinn erzählt, den er sich von anderen Leuten in ähnlicher Form auch erzählen lassen muss.

## AUGUST 2007

Ich kam mir langsam dämlich vor. Der Speckige mit Bauch zwischen all den gebräunten, vitalen Mountainbikern. Eine Zweiklassengesellschaft war dieser Arbeitsplatz. Auf der einen Seite lauter Sportredakteure, die über Mountainbikes schrieben und in diesem Zusammenhang auch damit fuhren. Viel fuhren. Auf der anderen Seite ich, der am Rechner saß und

Layouts bastelte und runter in den Hof schlich, um zu rauchen. Das alles wurde sogar geduldet – es ging meinem Chef schließlich nur darum, dass seine Zeitschrift hübsch aussah. Ob der, der das macht, unfit, eine wahre Teigware, porig und unförmig ist, das war ihm völlig einerlei.

Nur ein Kollege hatte offenbar etwas tief in mir entdeckt. Er sah in mir mehr und forderte mich nach ein paar gemeinsamen Mittagspausen-Joggereien zu einem internen Wettkampf auf. Das Ziel sollte der München Marathon sein. Vorbereitungszeit: genau sechs Wochen. Wir hielten also unsere kollektiven Läufe unter der Woche aufrecht und toppten sie mit langen Läufen am Wochenende. Die Taktik war einfach. Gegenseitig belügen: »Ich kam am Wochenende nicht zum Laufen!«, »Ich war voll krank, hatte Magen-Darm.«

Und irgendwann standen Björn und ich am Start des München Marathon. Beide bleich, aber Björn zumindest mit einer anständigen Beinmuskulatur und guten sportmedizinischen Werten, die seinen Bikesport-Aktivitäten geschuldet waren. Ich verließ mich an diesem Tag auf den bloßen Willen und meine langen Beine. Am Abend vor dem Start rauchte ich noch ein paar Beruhigungs-Gauloises. Was Björn nicht wusste – das war nicht mein erster Marathon. Ich war als junger Radrennfahrer ganz gerne im Winter als Alternativtraining gelaufen und würde meine Bestzeit von damals am heutigen Tag um ganze 48 Minuten verpassen. Trotzdem wurde dieser langweilige Stadtmarathon zu einer Initialzündung, ein Neubeginn.

Nach 3 Stunden und 36 Minuten war ich im Ziel. In der Redaktion bekam ich Schulterklopfer und war fortan mindestens so sehr ein Läufer wie ein Grafiker. Dass ich vor lauter Laufen und Trailrunning meinen Job bald nicht mehr vernünftig machen würde, war damals noch nicht klar. Noch dehnten sich nur meine Mittagspausen zu »Laufeinheiten« aus. Zu Anfang 45 Minuten. Mit Umziehen und Duschen also knapp über eine Stunde, was erlaubt war und keinen störte. Mit der Zeit reizte ich alles aus, lief zwei Stunden in eine Richtung, drehte um und kam erst spät am Nachmittag wieder an meinem Arbeitsplatz an, wo Chef und Kollegen kopfschüttelnd auf mich warteten. Ich verbrauchte jeglichen Bonus. Laufen wurde mehr und mehr ein Teil von mir. Ich definierte mich mehr und mehr darüber. Ich informierte mich über Wettkämpfe, entdeckte schnell die Berge, die Alpen als Laufrevier und fand bald alles endlos geil, was lange war und weglos.

Laufen tat mir gut. Mein Körper veränderte sich schnell, ich konnte besser denken, ich fühlte mich freier. Stress und Sorgen rannte ich einfach weg, sie blieben künftig irgendwo auf der Strecke, meist zwischen Kilometer 22 und 35. Und je mehr ich in den Flow kam, je mehr ich mich in dieser neuen Bewegung wiederfand, desto weniger bemerkte ich, dass an anderer Stelle etwas völlig aus dem Ruder lief. Ich wusste es, aber ich ignorierte es. Auch das war der Flow.

Ich war naiv. Was für mich gut ist, was sich für mich gut anfühlt, muss für andere auch gut sein. Wie dumm ich war.

## NOVEMBER 2015

Größenwahn umschreibt meinen Zustand treffend. Es könnte auch eine Art Langeweile sein. Es wäre toll, wenn es echte Langeweile wäre. Langeweile bei erwachsenen Menschen ist eine Gottesgabe. Ich überlegte mir ernsthaft, was ich laufen könnte was mich so richtig kickt, was mich total fordert. Ich lief durch die Sahara, durch den Yukon im Februar und mehrmals über die Alpen. Ich lief 200 Kilometer nonstop durch die Schweizer Alpen. Das sollte jetzt nicht mehr reichen. Es sollte ein besonderer Lauf werden.

Okay. Ich hab's. Ich laufe von München nach Istanbul. Zwischen Start und Ziel liegen interessante Länder. Bulgarien zum Beispiel. Was weiß ich schon von Bulgarien, außer dass man in Deutschland über die Bulgaren schimpft. Nichts. Gar nichts.
Ich frage mich in diesen Tagen oft, wieso und warum und woher dieser innere Drang, diese Lust kommt, wieso mich die bloße Idee, einfach nur zu laufen, so sehr fesselt. Es gäbe für einen Mann meines Alters viele adäquate Alternativprogramme, ich könnte Sportwagen fahren, mir Haare in die Geheimratsecken verpflanzen lassen oder meinen zweiten Frühling erleben und in den Clubs der Stadt junge Frauen zu Cocktails einladen und ihnen erzählen, dass ich 32 bin. Sie würden es mir glauben. Natürlich würden sie es mir abnehmen.

Ich rechne. Es sind 2.400 Kilometer. Wie lange kann ich von zu Hause weg sein, ohne dass mich die zweite Frau verlässt? 50 Tage. Mein Budget. Ich muss das machen. Ich hab's eh schon allen erzählt.
Ich bin etwas überrascht. Damit hatte ich nicht gerechnet. Zum einen ist meine Freundin stinksauer, weil Facebook und alle *TRAIL-Magazin*-Leser genau wissen, was ich vorhabe, und sie ahnungslos ist. Ich verweise sie darauf, sich ein Facebook-Konto zuzulegen oder öfter das Heft zu lesen – diese Witze kom-

men nicht gut an bei ihr. Auch meine Aussage, dass ich einfach mal richtig viel und lange am Stück laufen will, weil ich das doch so gerne mache, besänftigt sie in keiner Weise. So viel Vorbereitung ich nun in den Lauf selbst investieren muss, so sehr muss ich meine Lebensgefährtin wieder friedlich stimmen. Letzteres wird schwieriger.

*12. Juni 2016: Etappe 1*

Die Fußball-EM hat begonnen. Alle sind am Durchdrehen. Interessiert mich null. Irgendwann wird dann noch die Tour de France gestartet. Auch das werde ich ausblenden. Ich bin nur noch auf diese eine Sache fixiert. Ich stelle mir seit Tagen und Wochen vor, wie und wo ich an diesen 50 Tagen laufen werde. Ich freue mich auf 50 Tage laufen wie ein kleines Kind auf Weihnachten. Ich freue mich tief im Inneren auf eine Quälerei.

Da stehe ich nun. Meine Kinder sind ruhig wie nie. Meine Mutter auch und mein Vater ist ungewöhnlich nervös. Ich fühle mich unwohl in meiner Haut.
Es ist ein Wechselbad der Gefühle, schon bevor ich überhaupt einen Meter gelaufen bin. Ein mächtiger

Mix aus Freude und einem tiefen, fest verankerten schlechten Gewissen. Einem schlechten Gewissen meinen Kindern gegenüber, denen ich ein guter Vater sein will, es schon viel zu oft nicht geschafft habe und nun auch noch den halben Sommer lang weg sein werde. Ich sollte mit ihnen am See liegen, an die Adria fahren, mit ihnen Zitroneneis essen und für die Schule lernen. Ich rede mir ein, dass ich ihnen zumindest ein Vorbild sein kann, Dinge im Leben zu tun, die man eben unbedingt tun möchte.

Seit Monaten warte ich auf diesen Tag. Ich will losrennen. Ich kann es kaum erklären, aber es ist so – ich will einfach raus. 15 Leute begleiten mich heute. Ich küsse meine Freundin, meine Tochter, meine Mutter und umarme meinen Sohn, der das mit 13 Jahren total doof findet. Überhaupt sollte ich mich fragen, was meine beiden Kinder darüber denken, dass ihr Vater für fast zwei Monate »irgendwo« hinläuft. Bayern 3 berichtet just in diesem Moment, in dem ich über die Brücke hinüber zu meinem Startpunkt schreite, an dem meine Begleiter auf mich warten, dass ein Münchner an der Tierparkbrücke in diesen Minuten zu einem Langstreckenlauf bis nach Istanbul aufbricht. Einige Leute werden dadurch auf mich aufmerksam, rufen mir zu, wünschen mir Glück und alles Gute. Ich finde es gleichermaßen unangenehm wie auch berauschend.

Und dann wirbelt wie wild diese Filmcrew um mich herum. Drei Männer in etwa meinem Alter. Ich sollte sie eigentlich nicht beachten. Das wurde mir jedenfalls so gesagt. Das ist aber gar nicht so einfach.
Die Anwesenheit des Kameramanns, des Regisseurs und des Produktionsleiters wird mir in den kommenden Wochen noch wechselnde Gefühlszustände einbringen.

Es ist seltsam, auf meiner täglichen Laufstrecke einfach weiterzulaufen mit dem Wissen, heute nicht umzudrehen. Nach 20 Kilometern, also nach 20 von 2.400, stehen wir in einem Kuhkaff bei München und wissen nicht mehr, wie es weitergeht. Das GPS-Gerät überfordert mich mit seinen Möglichkeiten. Ich scrolle hilflos nach meinem Track. Er ist weg. Es ist im Moment eine theoretisch tolle Technik, die praktisch im Moment für mich keinerlei Nutzen hat.
Wir fragen eine ältere Dame, die vor der Einfahrt ihres imposanten Hofes steht.
»Wo wollt's denn hi, Burschen?«
»Wir nicht. Der da drüben. Der lange Dünne will bis nach Istanbul laufen!«

»Na, des woas i ned. Wieso will denn der da überhaupts hilafa? I dad song, des is grob diese Richtung!« (zeigt nach Nordost)

## 1988. DER ERSTE ECHTE LAUF

1988 hätte ich eigentlich kapieren müssen, dass neben der Radfahrerei noch etwas anderes bei mir funktioniert. Ich war 15. Ich habe keine Ahnung, weshalb heute die 15-Jährigen keine Akne mehr haben. Ich jedenfalls hatte Akne. Und wie. Ich war ein Pickelgesicht. Dünn und groß. Ich empfand die Pubertät als eine furchtbare Zeit in meinem Leben, drei, vier Jahre, die man einfach hätte streichen können.
Mädels? Fehlanzeige. Ich hatte ein Dauerverhältnis mit dem Rennrad und dem Walkman: mit dem Basso, mit Colnago, mit den Suicidal Tendencies und mit Anthrax.
Ohne dieses Rennrad wäre ich vermutlich komplett verloren gewesen. Ich sammelte Radsportzeitschriften, ich beklebte die Wände meines Jugendzimmers mit den Helden der Tour de France und kannte sämtliche Ergebnislisten aller Radrennen auswendig. Wir bekamen genau zwei Radtrikots mit dem Aufdruck eines Sponsors von unserem Verein. Eines trug ich in der Schule, das andere auf dem Rad – das bedeutete,

ich lief Tag und Nacht in diesem Trikot herum. Fernab jeglicher Realität – ich war ein durchschnittlicher Jugendrennfahrer mit mäßigen Erfolgen – träumte ich davon, ein Radprofi zu sein. Es gab Hunderte besserer Jungs in meinem Alter, die schneller waren, die um den Sieg fuhren, aber ich glaube, es gab nur wenige, die so sehr besessen von der ganzen Sache waren. Meine mittlerweile miesen Leistungen in der Schule hätten mich eigentlich in eine Depression treiben müssen. Ein schlaksiger Kerl, ein Gesicht voller Pickel, kein Moped, keine Freundin, keine Markenturnschuhe und eine No-name-Jeans anstatt Levi's 501. Es hätte ein Desaster werden müssen. Nur gut, dass da vier Typen um mich herum waren, denen es im Prinzip ähnlich ging. Das machte die Angelegenheit einfacher. Irgendwann war es sogar völlig egal, wie gut oder schlecht wir uns in den Wettkämpfen platzierten, solange man im internen Rennen vor den vier anderen lag.

Die vielleicht beste Zeit der Radsaison, die im April startete und im Oktober endete, war die Phase dazwischen. Im Winter stellte ich für fast zwei Monate das Rennrad in die Ecke und ging laufen, teilweise bei viel Schnee.

Laufen ist ein Übel für Radfahrer. Das liegt schlicht daran, dass Radrennfahrer mit dem Rad fahren wollen. Sie wollen nicht laufen, weil sie das in aller Regel auch nicht besonders gut können. Ich möchte nicht behaupten, dass ich im Winter 1988 ein großer Läufer war, aber ich entdeckte erstmals die Magie und die Liebe zum Laufen. Es kam plötzlich, ohne Ankündigung, es flog mir zu. Viel mehr: Es war der pure Zufall.

Mein Vater hatte an diesem eiskalten Mittwochabend keine Zeit, um mich mit dem Auto in die Stadt zu fahren, wo wir uns in einer Turnhalle zum Zirkeltraining trafen. Wir mussten warten, bis die Hausfrauen ihre Skigymnastik beendet hatten, und bauten danach unseren Parcours der Leiden auf. Wer heute in einem modernen Fitnessclub trainiert, weiß vielleicht nicht, was so ein Zirkeltraining auf stinkigen Matten, Böcken und Sprossenwand wert ist.
Ich wollte keines dieser Trainings verpassen. Wir alle führten ein Trainingsbuch, ein kleines DIN-A6-Heft, handschriftlich protokolliert. Jeder Tag mit einem Eintrag. Ein Tag ohne Eintrag war ein schlechter Tag. Einmal im Monat bekam der Trainer dieses Heft. Es gab keine Benotung, es gab kein Lob und Tadel. Es ging nur um das Wissen, dass da etwas ankam.

In jedem Fall war es an diesem Mittwochabend so, dass ich unbedingt in diese schweißdurchtränkte 1960er-Turnhalle wollte und zunächst keine Möglichkeit sah, dort hinzukommen. Ich packte einen Rucksack mit den Sportklamotten und tat das vielleicht Logischste überhaupt, wenn es weder Auto, Bus noch Zug gibt – ich lief. Nun gut, als Radfahrer hätte ich mit dem Rad fahren können, aber an diesem Tag lag Schnee, viel Schnee. Das Mountainbike war ja noch kaum erfunden.

»Du bist von Unterhausen hergelaufen?«

Meine Kameraden konnten das nicht glauben. Ich war also genau 14 Kilometer gerannt. Durch ein langes Waldstück, über Obstwiesen durch tiefen Pulverschnee und danach durch die Stadt, durch ein Industriegebiet bis zur Halle. Was eigentlich nicht mehr als ein Training oder bloßes Vorankommen hätte sein sollen, wurde rückblickend mein »erster langer Lauf«.

Nach rund drei Kilometern brannten meine Oberschenkel, nach sieben der 14 Kilometer bekam ich Durst und nach zehn Kilometern war mir alles egal und ich musste erkennen, dass das irgendwie etwas ist, was mir gefällt.

Mein Vater holte mich nach dem Hallentraining schließlich mit dem Auto ab und war irgendwie beeindruckt.

## MEIN VATER

Mit jeder Etappe liegen 43 Jahre vor mir. Nein, es sind nicht nur diese 2.400 Kilometer, es ist mein bisheriges Leben, das ich ablaufe. Ich habe so viel Zeit zum Denken. Auf den langen Geraden, die vor mir liegen, kann ich Erinnerungen ausrollen wie ein Bäcker seinen Teig.

Immer wieder spielt mein Vater eine Hauptrolle in meinen Gedanken. Ich hatte mehr als 20 Jahre nur wenig Kontakt zu ihm und nun ist er so sehr präsent. Fast zwei Jahrzehnte reduzierten sich Gespräche auf kurze Telefonate und gelegentliche Treffen an Wochenenden. Ich weiß nicht, was mein Vater in all dieser Zeit gemacht hat, er weiß es vermutlich auch nicht von mir. 20 Jahre, die wie eine riesige Luftblase schweben. Kinder und Eltern – ein ständiges Kennenlernen und Entfernen.

In diesen 20 Jahren wurde ich vom Teenager zum Mann zum Vater. Er wurde vom Vater zu einem Mann, der seinen Sohn aus dem Haus gehen sah, dabei nicht immer wusste, was dieser so trieb, und selbst älter wurde. Er arbeitete fast 50 Jahre lang im selben Betrieb, wurde in die Rente entlassen mit einem Handschlag, einer Urkunde – zu wenig, wie ich fand. Er war mit sich beschäftigt, ich war noch viel mehr mit mir beschäftigt. Ich habe das Gefühl, dass in diesen zwei Jahrzehnten keine Minute Zeit war, um einmal anzuhalten. Und genau jetzt, gerade jetzt, wo ich jeden Tag renne, laufe, ist unsere Zeit plötzlich langsamer, es läuft ruhiger, hat Zeit einen völlig anderen Wert. Wertvoll. Irgendeine höhere Instanz hatte für Papa und mich die Zeit auf langsamer gestellt.

Und wenn ich ihn so hinterm Steuer des Begleitfahrzeugs sehe, frage ich mich, ob er mit seinem bisherigen Leben zufrieden ist, ob er es so gelebt hat, wie er es wollte. Und dann wache ich auf und erkenne, dass mein Vater im Moment mitten in seinem Leben steckt. Er bekam viele Dinge besser hin als ich. Er war als Vater für mich da.

Er war oft zu laut, zu unberechenbar und wenig verständnisvoll, er zeigte zu oft, dass er mit mir, mit uns und mit allem unzufrieden war und hinterließ dabei Spuren. Er stand am Straßenrand bei fast jedem Radrennen, das ich fuhr, er radelte fast jeden Abend mit mir in riesigen Schleifen über die Schwäbische Alb. Zunächst spendete er mir Windschatten, später ich ihm. Er schenkte mir das Kostbarste – seine Zeit. Im direkten Vergleich komme ich schlecht weg. Ich habe mir ein Leben konstruiert, das viel zu oft viel zu viel mit mir selbst zu tun hat. Wenn ich an meine Kinder denke, die ich über alles liebe, durchschleicht mich ein schlechtes Gewissen, das ungute Gefühl, zu selten für sie da zu sein. Man kann sich dieses Rarmachen zwar schönreden, Ausreden finden, aber am Ende bleibt es dabei: Ich bin zu selten für meine Kinder da. Nach dem Ende meiner Radsportkarriere und mit dem Beginn des Erwachsenenlebens waren die Gemeinsamkeiten mit meinem Vater beendet. Der Tag, an dem ich meine Eltern besuchte, um etwas Geld abzustauben und mich am Kühlschrank zu bedienen, war auch der Tag, an dem mein Vater zu mir sagte, dass er tief enttäuscht von mir sei. Er forderte mich auf, diese bescheuerte Baseball-Mütze abzunehmen. Ich tat es widerwillig, mit gesenktem Kopf. Er war nicht angetan von den grünen Haaren, die in alle Richtungen abstanden.

»Was das soll? Was das darstellen soll?!«

»Punk. Das ist Punkrock!«

»So ein Blödsinn. Ingrid, ich versteh das alles nicht.«

Und dann kam der legendäre Satz, der bereits von Millionen Vätern ausgesprochen wurde und wahlweise amüsant oder tragisch sein kann. Aus dem Mund meines Vaters war es eine todernste Angelegenheit. Es traf mich hart.

»Was haben wir falsch gemacht?«

Ich kann mich an den finalen Satz nicht mehr erinnern, aber es war ein Rausschmiss. Ich flog zu Hause raus. Ich war zunächst betrübt. Nur Momente später völlig gelöst – wie unter dem Rahmen einer Tür, die lange geschlossen war und plötzlich offen stand. Ich konnte eintreten.

Ich stürzte mich ins Leben. Ich sog das Großstadtleben auf. Ich war ein angepisster Typ, einer, der etwas wollte und dabei laut wurde. Echte Rebellion war es nicht, aber eine intensive Suche nach einer eigenen Identität. In den folgenden Jahren bewegte ich mich oft an einer Schwelle, die ich mehrmals nur knapp, nicht allzu weit überschritt. Es war die Schwelle vom gesellschaftlich anerkannten und akzeptierten Leben, von dem, was erlaubt war und dem, was das Gesetz nicht vorsah.
Heute empfinde ich die Zeit, in der ich 21, 22, 23 Jahre jung war, als unglaublich befreiend und zugleich als unfassbar schwierig. Ich konnte tun und lassen, was ich wollte, ich war auf einer Suche, die kein Ziel hatte. Als Radrennfahrer war es doch so einfach: Es gab Wettkämpfe, die Wochenenden waren verplant, und ansonsten war ich mit dem Training beschäftigt. Meine Vereinskameraden waren echte Freunde, mit hoher Moral und soliden Wertvorstellungen. Es war alles sicher. Das Ziel war unrealistisch, aber gesetzt – Radprofi werden. Und nun? Wohin mit dieser Ur-Energie? Mit der Kondition, die mich schon als 14-Jähri-

gen 150, 200 oder 230 Kilometer weit am Stück hatte radeln lassen? Mein Sport, der Radsport war weg, er löste sich einfach auf. Hatte keine Bedeutung mehr. Wenn ich an ihn zurückdachte, überkam mich ein seltsames Gefühl. Ich fühlte mich schuldig. Es war ungut etwas aufzugeben, was eigentlich perfekt war.

1994 gab es noch kein Internet. Zumindest noch nicht so, dass es mir meine Freizeit hätte rauben können. Also hatte ich genügend Raum, mir seltsame Freunde zu suchen, die mich auf dumme Ideen brachten. Ich verliebte mich. Nach dem Rennrad war es diesmal die Dorfpunkerin, ein hübsches Mädchen, die ein riesiges Tankgirl-Poster in ihrem Zimmer hängen hatte, gerade mal so knapp volljährig, dass sie noch Kind genug war, um mit mir die kleine Welt auf den Kopf zu stellen. Sie hatte kurze cyanblaue Haare, war spindeldürr, kreidebleich und redete in einer Tour unsinnige, feinsinnige, lustige und traurige Sachen. Nadine fand das System scheiße. Ich fand das System eigentlich ganz in Ordnung, fand aber Nadine viel zu cool, um ihr zu widersprechen. Ihre Eltern waren getrennt, um immer mal wieder zusammen zu sein, der Vater ein Schläger, der gelegentlich nach Hause kam, um für Ärger zu sorgen. Nadine ließ sich die Nase piercen, dann die Unterlippe, sie hatte eine zahme Ratte und brach ihre Lehre ab. Ihre Freunde waren Punker, und wenig später war dieser elendige Haufen auch mein Freundeskreis. Wir fuhren mit ihrem Mofa über kleine Landstraßen bis nach Stuttgart, um dort Bands zu sehen, die mit dem Flugzeug aus den USA kamen. Wir fuhren auf diesem Mofa mit 32 km/h in eine neue Welt. Geld hatte Nadine irgendwie immer genug. Sie verkaufte Dinge, die sie selbst konsumierte, war dabei ihre beste Kundin und verdiente steuerfrei noch so viel, wie sie für ihre Ansprüche brauchte. Ich war immer pleite, aber das war okay. Kein Geld zu haben war sogar ziemlich angesagt.

Nadine war immer gut ausgerüstet. Ich lernte sie in ihrer »Pillenphase« kennen. Kiffen war längst out bei ihr. Und dann nahm ich an diesem Abend so eine lilafarbene Tablette. Ich wollte ihr schließlich imponieren. »Gib schon her. Was soll es schon bewirken. Da fress ich drei von!«

Und dann, nur Minuten später, war meine Welt lila. Dann rosa. Ohne Ecken. Eine Welt ohne Ecken. Alles war rund. Der Radweg, auf dem ich in dieser Nacht nach Hause lief, bewegte sich seltsam. Er führte mich immer wieder tief in eine spannende Tierwelt. Der Bach links davon, der in Wahrheit ein paar Forellen beheimatete, war in dieser Nacht voller cyanblauer Krokodile. Ich war für die zwei Kilometer von Nadines Haustür bis zu meiner rund zwei Stunden unterwegs. Ich weiß, dass es Afrikaner gibt, die in dieser Zeit fast einen Marathon laufen.

Nadine und ich nisteten uns meistens bei Axel ein, dem Sänger und Gitarristen der Band Delirium. Er war Buchdrucker und meist – mit einer Krankmeldung ausgestattet – zu Hause in seiner Einzimmerwohnung, die vollgestopft war mit Platten und CDs der Band KISS. Er sammelte alles und verkaufte alles, was es im Zusammenhang mit dieser Rockband gab. Wenn es zu Diskussionen beim Thema Musik kam, ließ er keine Chance aus zu erwähnen, dass es nur eine vernünftige Band geben würde, und das wäre nun mal KISS. Er könne nichts für diese unumstößliche Tatsache. Er habe die Regeln nicht aufgestellt. Axel war der feste Freund von Nadine. Das behauptete er jedenfalls.
Die Samstagvormittage nutzten wir dazu, um im über der Hauptstraße liegenden Großmarkt Bierkästen zu klauen. Die Taktik war sehr bewährt. Wir kauften für wenig Geld möglichst viele Produkte, die wir auf das Band legten, und schoben den Kasten mit den Füßen an der Kasse vorbei. Es gab zu dieser Zeit noch keine Kontrollspiegel, und so war die Kassiererin mit dem Kleinkram beschäftigt und bekam vom edlen Stoff unterhalb ihres Radars nichts mit.

Zurück in der Wohnung mixten wir das Bier vorzugsweise mit Waldmeistersirup und aßen das einzige, was Axel jemals gekocht hat: Schinken-Käse-Toast. Genauso sahen wir übrigens irgendwann auch aus.

Axels Bude war zu dieser Zeit mein Wohnzimmer. Wir waren das Gegenteil von Dynamik, alles andere als zuvorkommende, gutaussehende junge Menschen. Wir waren laut, unangepasst und hatten auf all die Dinge Lust, an denen sich angepasste Leute rieben.

Wenn uns die Musik langweilte, liefen wir zur Videothek und liehen uns die neuesten Horrorstreifen aus. Die Frau an der Theke kannte uns und wusste, dass wir absolute Experten für Filme der übelsten Sorte waren. Wir schafften es, vier oder fünf dieser Filme in Folge auf VHS anzusehen. Wir waren Ultrahorrorkonsumenten und hatten dabei nur eine Furcht – die Kassetten am Ende zurückspulen zu müssen. Wochenenden gingen einfach so dahin. Ohne Sonne. Ohne Internet. Verdunkelt und im Dunst von vielen Schachteln Zigaretten.

Mein Freund Peter Schlickenrieder wartet auf mich. Der Olympiaheld im Skilanglauf begleitet mich bis Rosenheim. Nach nur 15 Kilometern – wir laufen flach durch Wälder und über grüne Wiesen entlang eines Flusses – setzen erste Bedenken ein, ob all das, was ich vorhabe, überhaupt funktionieren kann. Meine Beine schmerzen und diese unbändige Lust fehlt. Es ist gerade nicht so, wie ich es mir in all der Zeit vor dem Lauf vorgestellt habe. Peter hält nach 25 Kilometern an, zieht sich splitterfasernackt aus und springt ohne zu zögern, ohne die Wassertemperatur zu testen, einfach in diesen Fluss. Ich stehe wie ein zahlender Zuschauer am Rand, wie einer, der ein Tier in einem Wildgehege beobachtet, und denke mir, dass ich so krass auch gerne wäre. Ich rede mir ein, ich würde nach so einem Bad nasse Füße haben und dann fiese Blasen bekommen, die mir meinen ganzen Lauf bis in die Türkei ruinieren würden.

Nach 45 Kilometern bin ich zwar in Rosenheim, aber müde und kaputt. Ich komme nicht rein, dieser Flow ist nicht da. In der Nacht finde ich keinen Schlaf, bin aufgeheizt, nervös. Zudem ist das ganze Unterfangen noch völlig skurril und fühlt sich komisch an. Mir wird auf eine satte und sehr reale Art und Weise klar, auf was ich mich eingelassen habe. Ich habe Angst.

Angst, etwas angefangen zu haben, was ich niemals beenden kann. Vor Peter spiele ich den Lässigen, der genau weiß, was er tut, was er vorhat.

## *Etappe 3*

Mein Blick verändert sich. Ich bin alleine und es fühlt sich gut an. Als ich an diesem frühen Morgen die ersten Kilometer durch Rosenheim laufe, den Pendlerstau zu Fuß überhole und dabei den müden Gesichtern hinter dem Steuer in die Augen sehe, macht sich ein gutes Gefühl in mir breit. Das Gefühl, dass ich gerade dabei bin etwas zu tun, was all den Leuten am Lenkrad nicht möglich ist – weil sie dazu körperlich nicht in der Lage sind, weil sie es gar nicht wollen, oder weil sie schlicht und ergreifend heute zur Arbeit müssen. Egal weshalb – ich laufe.

Hinter dem Chiemsee bauen sich sanft die ersten Hügel der Alpen auf. Berge beruhigen mich. Es ist als ob mir die Berge zuflüsterten: »Alles gut, Denis, jetzt biste bei uns angekommen und wir schicken dich weiter auf deine Reise!« Es regnet einen warmen Regen, der sich im Minutentakt mit Sonnenschein abwechselt. Der Wald duftet, die Wiesen sind grün und ich renne beschwingt den letzten Downhill hinab nach Marquardtstein. Eine Rinderkraftbrühe wartet im Hotel auf mich. Es ist eine sehr gute Rinderkraftbrühe.

## *Etappe 4*

Ich bin im Chiemgau. Hier bin ich vor zehn Jahren meinen ersten echten Ultratrail gelaufen. Ich wusste damals nicht, was mich erwartet. 100 Kilometer »Gebirgslauf«, denn der Begriff Ultratrail war noch nicht geboren. Ich rannte die ersten 40 Kilometer wie mit Flügeln an den Waden, fiel in ein schwarzes Loch bei Kilometer 50. Erlebte eine Wiedergeburt bei Kilometer 70, und nach 3.000 Höhenmetern verbündete ich mich mit anderen Teilnehmern, denen ich bis heute in einer Art Blutsbrüderschaft tief verbunden bin, und schleppte mich endlos lange 20 Kilometer ab Kilometer 80 bis ins Ziel. Im Ziel sank ich auf den Boden, wusch mir das Gesicht ab, stieg in den verklebten Klamotten ins Auto und fuhr nach Hause, um von diesem Wochenende für die Familie noch zu retten, was nicht mehr zu retten war. Der Beginn meiner Laufbewegung war auch das Ende meines Familienlebens.

Mein Körper hat sich schon ein bisschen an die tägliche Bewegung gewöhnt. Es ist das erste Mal, dass ich

eine Art wohlige Routine beim Laufen spüre, dass alles einfach von alleine läuft. Es läuft sogar so gut, dass ich zu selten auf die Karte und den GPS-Track schaue und plötzlich vor einer Kante stehe. Es geht radikal runter. Ein Schritt zu viel wäre tödlich.
Es geht nicht weiter. Ich fluche. Ich weiß, dass ich zurück muss und mich das viel Zeit kostet. Ich verpasse heute erstmals mein Etappenziel und lande in Ruhpolding. Die Gewissheit, dass ich morgen dafür länger laufen werde als geplant, nagt an meiner eigentlich sehr guten Laune.

### *Etappe 5*

Meine Welt ist bunt. Es ist Sommer und nach einsamen, butterweichen Kilometern durch ein Flusstal, das sich mehr und mehr durch einen dichten Wald schlängelt, überquere ich erstmals eine Landesgrenze. Es ist erhebend. Ich bleibe am Grenzschild, das plötzlich vor mir steht und überall genau so stecken könnte, kurz stehen und renne dann mehrmals vor und zurück. Einfach so. So mag ich Grenzen – unaufdringlich, kaum erkennbar, mehr verbindend als abweisend. Ich verlasse den Wald und stehe unvermittelt inmitten einer Blumenwiese. »Heutal« nennt sich dieses Stück Natur. All das verschmilzt auf eine besonders leichte Weise zu einem herrlichen Vorankommen.

Ich bin etwas irritiert und finde, dass sturzbetrunkene Hooligans in eigentlich moderat geschnittenen, aber in diesem Fall doch zu engen Hansa-Rostock-Trikots hier nichts verloren haben. Sie stehen plötzlich wie aus dem Nichts vor mir und brüllen mir »hopp, hopp, hopp« entgegen. Ich denke mir: Ich bin doch kein Skiabfahrtsfahrer! Im nächsten Moment greifen mich 45 Kilogramm Muskelmasse an. Ein Monster auf vier Beinen mit viel Zahnfleisch. Ich renne. Er ist schneller. Er verteidigt nur sein Territorium, das 300 Meter weiter ein Bauernhof sein könnte. Ich ziehe meine leeren Softflasks aus den Getränkehalterungen des Laufrucksacks und ziehe dem Vieh eine über die Schnauze. Ich bin sehr erstaunt über die Wirkung. Mit weichen Beinen laufe ich weiter und erreiche den Ort Lofer als Held.

*Etappe 6*

Ich will nach Maria Alm laufen und möglichst viel vom Nationalpark Berchtesgaden sehen, von hoch oben hinab zum Königssee blicken, um später, nach vier oder fünf Stunden, diesen epischen Downhill zu nehmen. Doch eine Gewitterwarnung treibt mich viel zu früh ins Tal. Ich habe mir vorgenommen, in allem sehr vernünftig und vorsichtig zu sein. 55 Kilometer Radweg. Mich überholen E-Bike-Touristen. Ich überlege, ob ich diese neue Fortbewegung gut oder doof finden soll und finde keine Antwort. Ich komme zu dem Schluss, dass das doch ein komplexes Thema ist. Zuerst rollen ein paar Wenige, dann Massen. Ein älterer Herr will wissen, wohin ich denn so »renne«. Ich sage, dass ich einfach mal dem Flussverlauf folge. Meine Beine fühlen sich gut an. Alles rückt näher an mich heran, ich lerne mein Tempo kennen, weiß, wann ich essen und trinken muss. Laufen wird langsam aber sicher eine Gewohnheit. So wollte ich das.

### *Etappe 7*

Es ist die Härte. Es ist die erste echte Härte. Die fantastische Bergwelt macht es jetzt nicht leichter. Jeder Meter hinüber ins Gasteiner Tal raubt mir Energie. Der Trail ist weich, der Untergrund tief und die Strecke besonders lang. Am Ende der Etappe wartet mein Vater auf mich. Zusammen mit der Filmcrew steht er am Ortseingang von Bad Gastein, und er will ab hier für die kommenden geplanten 43 Etappen mein Supporter sein.

Bei Kilometer 50 stoppt ein getunter Toyota. Ein Kleinwagen. Feuerrot mit zwei älteren, gut gelaunten, langhaarigen Herren in Metalshirts der 1980er-Jahre. Von hier aus sind es nur noch einige wenige, fast flache Kilometer bis hinunter ins Tal. Vielleicht ein nicht unbedingt subtiler Hinweis darauf, dass ich jetzt nicht laufen sollte, sondern mit den beiden im nächsten Rockcafé zwischen Doro-Pesch-Lookalikes billigen Rotwein-Cola-Mix wegexen könnte. Sie kurbeln die Fenster runter und fragen, ob ich denn tatsächlich die ganzen 15 km von Dorfgastein bis Bad Gastein gerannt wäre? Sie hätten mich doch vor rund zwei Stunden schon mal gesehen.

Ich sage: »Ja, klar.«

»Wie jetzt? A gä!«

»Ich lauf sogar noch weiter ...«

Sie formen fast zeitgleich ihre Münder zu Schnuten und sagen: »Mmmmhh, geht des überhaupt?«

Wir lachen uns gegenseitig an. Ich glaube, sie finden mich cool.

## *Der Ruhetag*

Bad Gastein ist ein seltsamer Ort und gerade deshalb ideal für einen ersten Tag der Ruhe. Das Hotel ist viel zu teuer. Es sprengt das Budget, aber ich stelle mir vor, dass alle Hotels im Balkan billig sein werden und mittelmäßig und rede mir nun ein, dass ich das jetzt verdient habe. Eine Vorsorge.

Mein Vater kommt wie gesagt heute ins Spiel. Er übernimmt die Position des Begleitfahrzeugs von meiner Freundin, die morgen wieder zurück nach München reist, zurück in unser normales Leben. Ich bin traurig. Wir werden uns länger nicht sehen und ich weiß, dass ich ein sehr schlechter Gesprächspartner am Telefon bin. Sie wird damit nicht zufrieden sein. Ich laufe in die andere Richtung weiter.
Ich gönne mir eine Massage im Hotel und erzähle der 1,90 Meter großen Frau aus der Ukraine, was ich gerade so mache, wenn ich nicht vor ihr liege, und bin enttäuscht, dass sie mir das alles glaubt. Ich hätte sie gerne überzeugt, aber sie will wissen, wo ich denn nun genau entlanglaufe, was mich davon überzeuge, dass ich bis zum Ende durchhalte, und ob ich nicht große Angst vor wilden Tieren hätte. Sie erzählt mir von den Unruhen in ihrer Heimat, dass sie, wenn sie ihre Eltern besucht, nicht mehr in Kiew landen kann, und einen halben Tag mit dem Bus fahren muss. Ich erzähle ihr davon, wie ich jeden Tag fast 50 Kilometer laufe und dabei mehr über mich selbst lernen werde. Ich sage ihr, dass ich 43 werde und mir selbst oft noch fremd bin. Sie erzählt von dem Land, das ihre

Heimat ist und ihr doch immer fremder wird, von Freunden, die dort leben und anders denken als sie. Bad Gastein, dieses Hotel und dieser Job sind ihr ebenso fremd. Sie knetet meine Oberschenkel- und Wadenmuskulatur durch, aber die Stimmung ist nicht locker. Sie ist wunderschön, ich sollte mich bei ihr gut aufgehoben fühlen.
Am Abend verliert Österreich ein Spiel der Fußball-EM. Mein Vater und das Filmteam freuen sich sehr. Ich freue mich über die riesige Pizza, die ich eigentlich aufessen sollte, aber nicht einmal zur Hälfte packe. Es ist ein echtes Problem: Mein Magen bekommt den ganzen Tag nur kleine Portionen: Gels, Energy-Zeugs. Und dann am Abend soll er plötzlich riesige Mengen verzehren – klar, das ist schwierig.

## *Etappe 8*

Die Natur, der Berg verpasst mir einen linken Haken. Ich will mit lockeren Beinen den Alpenhauptkamm überqueren, bin beflügelt von all den schwarzen Alpensalamandern, die bei Dauerregen aus ihren Höhlen kriechen. Der Naturpark Hohe Tauern ist ein besonderes Stück Alpen, ich laufe durch imposante Gras- und Strauchheiden und bleibe immer wieder gefesselt stehen, um in einer 360-Grad-Drehung alles

zu sehen, was es zu sehen gibt. Mächtige, mächtige Schwemm- und Murenkegel, Bergspitzen und Felswände bauen sich um mich herum auf.
Doch dieser Regen wird mit jedem Meter nach oben zur Hohe Tauern mehr zu Schnee, und als ich die 2.000-Meter-Marke passiere, habe ich alles, wirklich alles, was mein Rucksack hergibt, an. Es ist bitterkalt. Ich stehe inmitten einer weißen Welt. So weiß, eisig, nebelverhangen, dass ich den Weg nur noch mit tauben Fingern per GPS erahnen kann und mit starrem Blick auf das schlecht lesbare Display langsam über schier endlose Schneefelder voranschreite.
Mit dem letzten Höhenmeter rette ich mich über den Kamm, kippe auf die Südseite hinüber, verstecke mich für Minuten hinter einem vor Wind schützenden Fels und fluche in meinem Dialekt. Ich fühle mich klein. In einem Film müsste mich die Kamera an einer Drohne von weit oben als gelben Punkt filmen. Ich spüre für einen langen Moment, wie groß Natur ist und ich ihr ergeben.

Mit jedem Meter abwärts kehrt etwas Wärme zurück. Ich überquere riesige Schneefelder, rutsche über sie hinab ins Tal und scanne die weite Berglandschaft nach dem richtigen Weg runter ab, um am Ende meines Sichtfelds, unscharf im Nebel, einen Wolf zu entdecken. Er sieht mich an und verschwindet. In einem endlosen Downhill steigt in mir langsam das Bewusstsein auf, dass ich nun in einem echten, in meinem Adventure angekommen bin. Ich habe einen Wolf gesehen – er hat mich gesehen! Wäre hier alles zu Ende, es hätte sich schon gelohnt.

Nur drei Stunden später bin ich im absoluten Hochsommer angekommen. Ich renne beschwingt, tänzelnd bis Obervellach – immer leicht bergab –, falle meinem Vater in die Arme. Die Stimmung ist großartig, regelrecht ausgelassen, und der Wirt der Pension begrüßt meinen Vater zwischen einer Armee ausgestopfter Wildtiere mit den Worten: »Noch Ischdanbuul lauft dein Bub? Der ischd nid ganz gscheid!«

Es ist eine Rechnung. Ein Fünftel ist geschafft. Vier Fünftel sind übrig. Wie frustrierend, jedoch beim zweiten Gedanken erhebend, denn eigentlich ist all das, was ich täglich tue, genau das, was ich schon immer tun wollte: Laufen, laufen, laufen – und das Ende ist nicht in Sicht. Perfekt.

Schlaue Bücher und Magazinberichte erzählen dem Läufer ständig davon, dass er, wenn er regelmäßig läuft, mehr Muskeln, eine größere Lunge und ein besser durchblutetes Herz bekommt. Sprich: Wir bekommen einen neuen Körper. Über die vielleicht nachdrücklichste Veränderung wird fast nie geschrieben – wir bekommen neue Augen!

## *Etappe 9*

Hohe Berge schieben mich wie die Hand Gottes durch das Drautal. Eggenkofel, Spitzkofel, Torkofel, Reißkofel. Ich blicke vom Flussufer nach oben und bin hin- und hergerissen. Da oben auf Höhenwegen zu laufen wäre mein innerstes Bedürfnis, aber nicht das, was mich zügig voranbringt.
Die Landschaft wird mit jedem Meter milder, runder und fast schon mediterran. Kärnten. Die letzten neun Kilometer begleitet mich Überraschungsgast Marcus in Sandalen. Marcus ist ein Typ. Er ist einer dieser Läufer, die aus dem Sport ein Lebensstil machen, eine Einstellung, eine echte Haltung. Er trägt eine Vollrand-Brille, Laufbekleidung aus Japan von einem kleinen Hersteller, die er selbst nach Deutschland importiert. Er überquerte die Alpen als Guide für einen Blinden und er ist wohl einfach das, was man einen charismatischen Zeitgenossen nennt. Die Stunden mit ihm tun mir gut. Sie reißen mich vollkommen aus meinem Trott.
Ich kann mit jemandem reden. Ja, reden ... bin ja seit Tagen sprachlos. Im Gasthof stellt mir der Wirt einen

Teller voll Nudeln mit Rahmsoße und Salat hin. Ich sitze mit Marcus und seiner Frau auf einer Bierbankgarnitur im Garten. Der Rest – mein Vater, das Filmteam, andere Gäste – sitzt im großen Saal und schaut sich ein EM-Spiel der deutschen Nationalmannschaft an. Ich höre in Minutenabständen »aaahhhhhh«, »ooohhhhhhh« oder »neeeiiinnnnn«. Ich bin mein eigenes Gegenprogramm zur Fußball-EM 2016. Nur nicht ganz so exaltiert.

## *Etappe 10*

Ich sehe nach zehn Etappen, nach über einer Woche auf den Beinen meine Umgebung intensiver, schärfer und habe den wachen Blick, den unabgelenkten Blick für alles um mich herum. Ich habe über ein Woche gebraucht, um mich vom Job, von Terminen und der ein oder anderen zwischenmenschlichen Konfusion zu lösen.

Flach, sehr flach ist das Drautal. Steigende Temperaturen, um die 30 °C. Man könnte vereinfacht sagen: Es geht nun in einer geraden Linie in Richtung Türkei. Es rollt. Ich bin eine Maschine, die bestens funktioniert. Ich bin mittendrin, mein Vater ist nach drei Tagen nun auch in seiner Unterstützerrolle ange-

kommen – dem Buben Rasierklingen kaufen, Gemüsebrühe, Salztabletten und nur ganz auserwählte Getränke ... ach ja, und dann die Männer vom Filmteam – die nerven manchmal, aber eben nur manchmal, und meistens hab ich diese Typen sehr lieb.
»Denis, komm, lauf doch da nochmal kurz lang. Mir ham's ned ganz drauf!«
Wer hat schon immer alles drauf? Dieses Filmteam stellt mir Fragen. Immer. Diese drei Jungs, die in etwa im gleichen Alter sind wie ich, verlangen still nach Antworten, und ich frage mich, wieso ich offenbar etwas völlig anderes von meinem Leben erwarte als sie das tun. Ich stelle Vergleiche an, die keinen Sinn machen. Wieso laufe ich und sie stehen da rum, lachen, ratschen und rauchen? Ich fühle mich manches Mal unwohl in dieser Sonderrolle, die aus mir einen Einzelgänger macht.

Auf dieser zehnten Etappe lerne ich viel. Ich lerne wieder etwas darüber, wie winzig klein ich bin, wie ich mich beugen muss und wie ich erkennen muss, dass Dinge anders kommen, als ich sie plane. Ein Berg, um die 2.000 Meter hoch, stellt quasi die letzte echte Höhe dar, und ich verliere den Respekt davor. Ein fataler Fehler. Die Karawanken. Es sind immerhin die Karawanken ...

Ich habe Fans. Ein älteres Ehepaar. Menschen, die so sind, wie ich mir wünsche einmal zu sein. Sie haben spät zueinandergefunden, aber früh genug, um gemeinsam noch glücklich zu werden. Ingrid und Rolf sind Fans des Sports, sie glühen und brennen für Ausdauersport, für Outdoorabenteuer und Trailrunning. Und weil Rolf selbst keinen Sport mehr treiben kann, begleitet er Ingrid überall dorthin, wo sie rennt, skatet oder wandert. Rolf sagt, es freut ihn zu sehen, wenn sie sich bewegen kann. Ingrid begleitet mich heute auf den ersten vier Kilometern und wir laufen zusammen an den Fuß des Mittagskogels. Sie erzählt mir aus ihrem Leben. Ein bewegtes Leben, mit viel Verantwortung, ein Leben, das sie selbst in die Hand nahm und das von großen Entscheidungen geprägt war. Ich bin überglücklich, dass ich es bin, der einen Einblick in dieses Leben bekommt. Es macht die heutige Etappe aus. Wir umarmen uns, sie wünscht mir für die kommenden Wochen viel Glück, und jede Silbe aus ihrem Mund ist Gold! Nach den ersten Kilometern ohne Ingrid an meiner Seite wird mir bewusst wie wichtig es ist, dass ich weiß, es gibt Menschen, die sich gerade ernsthaft für das interessieren, was ich tue. Es ist eine Energiequelle.

Es geht nur noch nach oben. Nach den vielen flachen Tagen muss ich einen Rhythmus finden und drücke

mich über meine beiden Stöcke Höhenmeter um Höhenmeter bis auf 2.148 Meter, um oben das pure Glück in mir aufzusaugen. Es ist der Moment, an dem ich wirklich glaube, dass Istanbul irgendwie möglich ist, dass ich es von hier oben sehen kann.
15 Minuten nach diesen schwulstigen Gefühlen holt mich die Realität auf den Boden der Tatsachen zurück. Meine Fähigkeiten als Kletterer und sogenannter Alpinerunner sind offenbar mehr als beschränkt, denn als ich dem GPS-Track weiterfolge, hänge ich irgendwann in einer Felswand fest, die einem versierten Bergwanderer ein Leuchten in die Augen zaubern würde, mir hingegen die nackte Angst in den dünnen Körper treibt. Ich hänge fest. Vor mir geht es in einem Überhang steil nach oben, hinter mir liegt nur der Weg zurück, der mir nun plötzlich, im Schulterblick, viel komplizierter erscheint, als er auf dem Hinweg wirklich war. Ich muss mich entscheiden und drehe um. Ich denke an all die mutigen Bergsteiger, Kletterer und Skyracer, die ohne zu überlegen weitergehen würden. Hätte ich die Gewissheit, dass nach dieser 15-Meter-Wand ein sanfter Trail ohne große technische Schwierigkeiten weiterführen würde, könnte ich es durchaus in Erwägung ziehen. Aber was, wenn es danach genauso krass weitergeht? Dann hänge ich hilflos im Fels. Es geht um eine Entscheidung.

Sie würden mich retten. Ganz gewiss. Die Bergwacht. Es wäre endlos peinlich. Oder: Eine Familie, Vater, Mutter, zwei dicke Kinder in weißen Tennisschuhen und in Tommy-Hilfiger-Poloshirts würden an mir vorbeitänzeln und mich – wie ich mich da stocksteif an den Fels klammere – fragen, ob alles mit mir okay wäre. Ich würde ihnen antworten: »Ja, ja, ich mach nur 'ne Pause! Geht ruhig vorbei.«

Ich drehe also um, packe die Papierkarte aus, die mir im Gegensatz zum GPS-Gerät eine echte Übersicht der Umgebung rund um diesen Kogel gibt. Eines wird mir klar. Durch meine offenbar zu kleinen Eier wird dieser Tag länger als geplant. Ich steige endlos lange auf einer Seite ab, die mich zunächst nicht näher an die Türkei oder auch nur Slowenien näher bringt. Alle fünf Minuten telefoniere ich mit meinem Vater. Es sind seltsame Gespräche, die mir nicht helfen und ihn nur verunsichern.

Als ich nach weiteren drei Stunden genau an dem Wegschild vorbeilaufe, von dem aus ich gestartet bin, fühlt es sich an, als ob eine höhere Macht mit einer riesigen Spritze all meine positive Energie, alles Blut aus meinem Körper und Hirn ziehen würde. Ich bin leer. Nach zehn Etappen. Ich weine und zerschlage mit einer Urgewalt schweineteure Karbonstöcke an einer Tanne, die nichts, aber auch gar nichts dafürkann. Ich lasse die kaputten Einzelteile der Karbonstöcke einfach in diesem dichten Wald liegen und mache mir später fürchterliche, echte, ungespielte Vorwürfe deswegen. Diese Stöcke sind von schwäbischer Konstruktions- und Fertigungsqualität und werden sich in Millionen von Jahren nicht zersetzen und ins Ökosystem übergehen.

Ich komme spät am Abend in Bled an. Ich bin jetzt tatsächlich in Slowenien. Ich bin in nur elf Tagen von München nach Slowenien gerannt, in eine andere Kultur hinein, und mein Vater und ich sitzen in einem Straßencafé und essen Cevapcici mit Reis. Meine letzten Cevapcici in Slowenien habe ich mit meinem Vater und meiner Mutter in den 1980er-Jahren gegessen. Es fühlt sich gut an, und nach den Bergen fängt das Abenteuer ab hier ganz neu an.

## *Etappe 11*

Die Alpen liegen nun hinter mir. Sie sind im Schulterblick noch unscharf zu sehen. Sie entfernen sich immer mehr und ich merke, dass ich mich jetzt von ihnen lösen muss. Sie sind mir vertraut. Das, was jetzt kommt, nicht.

Es ist heiß. Ljubljana liegt vor mir. Es geht aktuell nur darum, nach Ljubljana zu kommen. Ich sehe über Stunden hinweg LKW, PKW, den Grünstreifen. Meine Softflasks fassen eine Flüssigkeit, die brühwarm ist. Trinken fällt leicht, aber ich esse bei Temperaturen um 37 °C eigentlich nicht mehr. Eigentlich geht die Rechnung längst nicht mehr auf, aber mein System funktioniert trotzdem: Ich verbrenne mehr als ich wieder in mich aufnehme. Eine Dampflok würde längst stehen.

Diese Monotonie, diese Hitze – es ist wohl genau das, was mich in den kommenden Wochen täglich erwarten wird. Ich arrangiere mich mit der Hitze, lege mir ein feuchtes weißes Frottee-Handtuch über den Kopf und ziehe eine Meshcap darüber. Es sieht dämlich aus. Es ist mir sehr egal, dass ich dämlich aussehe. Ich würde mit einer roten Clownsnase, einem Pandabärenkostüm, einer Horst-Seehofer-Maske oder einem weißen Hochzeitskleid laufen, wenn es mir irgendeine Erleichterung verschaffen würde.

Alles klappt. Selbst das Buchen der Pensionen, ohne allzu lange Vorplanung. Kein Bett, das wir nicht bekommen würden. Ohnehin sind wir in diesen Tagen meist die einzigen Gäste. Den Gastgebern zu erklären, was ein im Gesicht sonnenverbrannter, knapp

43-Jähriger zusammen mit seinem 67-jährigen Vater, der in einem perfekt aufpolierten neuen VW Tiguan ständig hinter ihm herfährt, hier macht, bleibt täglich eine Herausforderung. Auf großes Interesse an unserem Trip stoßen wir zunächst nicht. Zu Anfang dachte ich, dass das vielleicht daran liegt, dass hier ständig Söhne mit ihren Vätern vorbeikommen, die nach Istanbul laufen.

*Etappe 12*

Asphalt im linken Blickwinkel. Grünstreifen im rechten. LKW, Autos, Griff zu meinen Softflaks, die meine Mineraldrinks so temperiert wiedergeben wie man sich das im Winter wünscht, wenn einem was Warmes guttut. Alle 45 Minuten leg ich mir einen Power-Weingummi in den Mund und rede mir ein, dass das total lecker wäre.

Ich tu mich weiterhin mit dem Essen schwer. Ich bekomme kaum etwas rein. Ich erkläre meinem Vater, dass das bestimmt das ist, was uns die kommenden 37 Tage erwarten könnte. Er antwortet mir, dass ich etwas essen muss: »Du musst essen, Kerle. Sonst kommst nicht an!«

Ich bin am Abend in Ljubljana. Die Stadt ist riesig. Das hatte ich nicht erwartet. Und die Stadt kocht, ist aufgeheizt.
Wir checken im Hotel ein, das eigentlich ein Fitnessstudio ist. Das Zimmer ist sehr klein, aber meine Sporttasche findet ihren Platz zwischen Bett und Bad. Die Klimaanlage ist kaputt. Wir laufen in das gegenüberliegende Industriegebiet in eine Shoppingmall und suchen eine Waschmaschine – vergebens. Alles andere finden wir sofort. Am Abend wasche ich meine Klamotten mit Rei in der Tube im Waschbecken. Die Nacht wird kompliziert. Mir rinnt der Schweiß über den Körper und ich finde keinen Schlaf. Eine Jugendfreizeit feiert direkt unter meinem Zimmer ihre Abschlussparty. Die haben eine Menge Spaß. Ich nicht. Ich überlege mir in etwa zwanzigmal runterzubrüllen, aber ich tu es nicht. Ich glaube, es würde nicht viel bringen, und die jungen Leute würden denken, was ich denn für ein aufgeblasener Affe wäre, wieso ich so brülle, wieso ich mich so aufrege. Und ich weiß, dass ich auch so gedacht hätte. Damals.

*Etappe 13*

Es geht hoch. Fuck. Von wegen flach. Es sieht flach aus, aber es ist eine Steigung. Zumindest so anstei-

gend, dass mir meine Leichtigkeit durch die Finger gleitet.
Ich schaue auf die Sportuhr. Dieses cyanblaue Kästchen weiß alles. Er ist für fast zwei Monate mein Google, ARD, ZDF, RTL, 3 SAT und Wikipedia.
1.000 Höhenmeter durch ein ständiges Auf und Ab. 50 Höhenmeter hier, 70 da, 45 da. Das läppert sich und saugt den Akku leer.
Mit der Hitze hingegen hab ich mich irgendwie arrangiert, einen Pakt geschlossen. Nicht, dass wir Freunde geworden wären, aber wir respektieren einander. Wie Merkel und Seehofer.
Der Asphalt ist so heiß, dass ich dreimal stehen bleibe, meine Füße verbiege und nachsehe, ob meine Sohlen noch da sind. Ein schwammiges Gefühl gab mir Anlass zu glauben, dass das Gummi sich aufweicht. Es funktioniert mit Zwischenzielen. Mein Vater wartet an einem Baum, der Schatten spendet, und reicht mir eiskalte Getränke. Ich habe Zagreb vor Augen, ich freue mich auf meinen Ruhetag.

Ich sehe schon von Weitem diesen Supermarkt. Die Fahnen eines riesigen Parkplatzes wehen mir entgegen. Auf diesen 400 Metern, die mich noch von ›Hofer‹ trennen, überlege ich mir im Detail, was ich mir für Getränke kaufen werde. Ich lege alle Geschmackssorten fest und freue mich mit einem la-

chenden Gesicht über meine sehr gelungene Auswahl.
Mit kleinen Schritten gehe ich in hoher Frequenz durch die Gänge und bin zunächst überfordert. Ich schnappe mir alles, was mir kalt genug erscheint, und stehe mit vollbepackten Händen und Achseln, verschränkten Armen ... in der falschen Schlange. Es strengt mich sehr viel mehr an hier anzustehen als draußen zu laufen. Auch hier gibt es Rentner, die keine Zeit haben und die sich mit pfiffigen Tricks an mir vorbeimogeln. Ich möchte sagen, dass ich keine Zeit habe und sie doch ganz sicher etwas mehr davon. Aber ich könnte auch sagen, dass ich es gut verstehe, dass ihnen die Zeit so langsam davonläuft. Das wäre noch nicht einmal unhöflich, denn unabhängig von jeglichem Alter vergeht für uns alle die Zeit genau gleich.

## *Die Quellen*

Ich laufe heute nicht. Wenn überhaupt, dann gehe ich. Und dann auch nur ein paar Schritte. Im Ort Trebnje ist die Welt in Ordnung. Dieser Kurort ist mit heißen Quellen gesegnet und mein Vater und ich sind gesegnet, den Tag hier verbringen zu dürfen. Thermalbäder sind tatsächlich ein verbindendes Glied zwischen meinen Eltern und mir. Als Kind durfte ich mit ihnen öfters nach Bad Urach, um dort zwischen den älteren Kurgästen, die geriffelte Badekappen trugen, möglichst leise im 40 °C warmen Becken zu treiben. Mein Vater ermahnte mich leise zu sein, nicht zu plantschen, nicht vom Beckenrand zu springen. Es sei ein Ort der Ruhe und Erholung.

Heute muss er mir das nicht mehr erklären, denn in diesem Thermalbad, an meinem Ruhetag, habe ich nicht mal im Ansatz das Verlangen, auch nur einmal vom Beckenrand zu springen. Ich hänge am Beckenrand in einer intensiven Beziehung mit einer Düse, die meinen Nacken, Rücken und die Waden massiert. Ich erkenne heute, dass ich mindestens so gerne in Thermalwasser bade wie ich Richtung Istanbul laufe. Zwischen den Badevorgängen sitzen wir im Außenbereich unter einem Gartenschirm einer regionalen Bierbrauerei und trinken Kaffee aus einem Vollautomaten und essen Currywurst mit Pommes. Es gäbe besseres Essen an einem Ruhetag, aber wir sind sehr glücklich mit dem, was wir haben.

## *Etappe 14*

Es gäbe so viele Gründe, einfach nicht zu laufen. Aber heute habe ich nach diesem zweiten Ruhetag in Trebnje für mich beschlossen, dass ich just an diesem

Tag das wahre Laufen entdeckt habe. 49 Kilometer lang. Echtes Laufen. In all seiner Reinheit. An einer endlosen Bundesstraße entlang, mit jedem Lastwagen die pure Angst, dass ich einfach mal »mitgenommen« werde. Dicht an dicht. Mann gegen LKW. Meine Ellbogen nur Millimeter von der Karosse entfernt. Nicht die Landschaft sorgt für Spektakel – bisschen Wald, bisschen Felder, ein Sommerregen und alles kein Grund zu laufen, aber ich laufe. Ich verwende 70 Prozent meiner Gesamtenergie fürs Laufen, 20 fürs Fotografieren und den Rest dafür, mich über diese asozialen, gehirnamputierten LKW-Fahrer aufzuregen. Sie sind krank und ich sage es in aller Deutlichkeit: Wären sie gescheiter mit ihren riesigen, aufgedunsenen Wasserköpfen, dann wären sie vermutlich niemals LKW-Fahrer geworden! Die sollen doch froh sein, wenn sie mal einen Grund haben abzubremsen und einen sportlichen jungen Mann rennen sehen ...

## *Etappe 15*

Komisch, zu Fuß über die Grenze zu gehen. Es ist so: zuerst die slowenische Grenze. Ganz zufällig steht mein Vater mit dem Auto schon da und zeigt dem Grenzer den Inhalt seines Kofferraums. Viele Schuhe.

Ja. Ja. Und Powerbar. Ja. Viele Riegel. Das ist so Sportnahrung. Das braucht er.

»Da, da kommt er ja!«, sagt mein Vater zum Grenzmann.

Ich jogge von hinten an die beiden Herren heran.

»So jetzt. Muss ich meinen Pass zeigen?«, frage ich.

Der Grenzer: »Yes. Passport, please.«

Er wünscht mir viel Glück und will wissen, wie viel ich am Tag trinke und ob man wirklich diese Iso-Drinks braucht. Ich sage, dass man Wasser braucht. Nicht nur als Läufer.

200 Meter später dann die kroatische Grenze. Ich bin diesmal vor meinem Vater dran.

»Do you need my passport?«

»Yes. Passport please! Are you together?«

»Yes. It's my father.«

»Why are you not inside the car?«

»I am running. He is driving.«

Keine Antwort ...

Knapp 40 Kilometer, die mich bis Zagreb bringen. Zuerst durch Dörfer in Grenznähe, dann durch eine kleine Stadt und schließlich durch einen riesigen Stadtwald im Norden von Zagreb hinab in die Metropole. Kein Stadtwald, wie ich ihn mir vorgestellt habe. Er ist dunkel, dicht bewachsen, feucht und taugt allenfalls für jugendliche Großstädter und ihre satanistischen Blackmetal-Messen. Im Übrigen sind hier meiner Beobachtung nach mehr Häuser unverputzt als noch in Slowenien. Die Menschen aber mindestens genauso freundlich.

Auf unverputzte, nicht fertiggestellte Häuser bezahlt man hier angeblich keine oder weniger Steuern.

Noch 35 Etappen. Irre. Das ganze Leben ist ein ewiges Wiederanfangen. Zagreb fasziniert mich. Wir sind in einer Altbauwohnung untergebracht, die ein Student untervermietet und für meine Begriffe nett hergerichtet hat. Mit einfachen Mitteln. Das Gebäude sieht von außen unbewohnbar aus, von innen überrascht es mit Details: bunte Wände, Graffiti, tolle Dielenböden und hohe Decken. Mein Vater weiß nicht so recht, was er davon halten soll. Mich erinnert das alles an meine Tage in Kreuzberg, an Zeiten, die einfach so dahinglitten, in denen ich in einem Flow war und eigentlich keine Ziele vor mir hatte. Ich überlege mir an diesem Abend im bunten Treiben von Zagreb, wie es wäre, hier zu leben und wie ich hier leben würde. Wir finden in einer Stadt, die ganz sicher echte Erlebnisgastronomie hat, zielsicher das schlechteste aller Restaurants.

## *Etappe 16*

Zagreb ist eine Metropole. Ich laufe los und bin über 20 Kilometer hinweg beschäftigt, überhaupt die Stadt hinter mir zu lassen. Das macht mich fertig. Alles scheint gleich zu bleiben. Nichts verändert sich. Doch. Es zwickt im Knöchel. Ich werde panisch. Ich will ruhig bleiben und mich nicht weiter darauf konzentrieren.

Der Anteil an unverputzten Eigenheimen steigt, je mehr ich den städtischen Raum verlasse. Wieso bauen die riesige Häuser mit Pools und Vierfachgaragen und hören dann kurz vorm Schluss einfach auf? Mein Vater sagt, denen wäre das Geld ausgegangen vor dem Verputz. Kann schon sein. Ich bin Mieter und kenn mich da nicht aus.
In Ivanić-Grad liege ich nach 41 Kilometern im verdunkelten Zimmer eines Ponyhofs. Es ist alles anders als in Zagreb, aber es tut uns gut. Mein Körper glüht. Mein Vater bringt mir feuchte Handtücher, mit denen ich alles bedecke und dann bewusst die Augen schließe und ausatme.
Es ist nun ein Leben aus laufen, schlafen, essen, schreiben, Beine in Selbstmassage wiederherstellen und *Pastewka*-Folgen auf dem MacBook schauen. Denken und reden fällt mir zunehmend schwerer.

Heute hätte ich um ein Haar sogar den Tod eines Hundes in Teilschuld zu verantworten gehabt. Der in etwa rattengroße Kerl sieht mich und setzt beim ersten Blickkontakt und dem Wadenbiss vor Augen zu einem instinktiven Sprint an. Direkt auf mich zu. Also straight line. Er bedenkt allerdings nicht die beiden zwischen uns liegenden Straßenspuren und kommt kurz vor dem Betonmischer zum Stoppen. Das war knapp – für uns beide. Und Glück. Für uns beide.

## *Etappe 17*

Ich habe heute Geburtstag. Ich bin jetzt 43 Jahre alt. Ich könnte heute genau 43 Kilometer laufen und sage beim Frühstück zu meinem Vater, dass ich zufrieden bin, mit 43 ebenso viele Kilometer laufen zu können, wenn ich das möchte. Er stellt fest, dass dieses Gedankenspiel mit zunehmendem Alter schwieriger wird. Ich kenne welche, die das Spiel mit 70 durchaus noch spielen können.

Ich bin ein glückliches Geburtstagskind. Ich starte früh am Tag und bin nach den ersten Metern froh, dass es sich die Sehne an meinem rechten Knöchel offenbar anders überlegt hat und sich nicht mehr meldet.

Kurioser jedoch ist meine Begleitung ab Kilometer fünf. Eine höhere Macht hat mir diesen kleinen – ich gebe ihm den Namen Goran – Hund an die Seite gestellt und er rennt ohne Zögern für genau 22 Kilometer mit mir mit. Er rennt vor mir, er rennt hinter mir, er rennt links und rechts und mehrmals fast unter Autos hindurch. Goran macht meinen Tag!
Goran ist kein Schönling, er ist kein großer Hund mit langen Beinen und einem edlen Gesicht. Er hat ein Fell mit vielen Farben, ist so hoch wie eine Gießkanne oder ein kleiner Reisekoffer und hat für seine Körperlänge zu kurze Beine.
Ich überlege während unseres Partnerlaufs, wie ich Goran wieder loswerde, wann er endlich wieder umdreht und in letzter Konsequenz ... wie ich dieses krasse »Marathontier« mit nach Hause nehmen kann. Ich sage rennend zu ihm: »Goran, ich nehm dich mit nach München und du wirst ein edler München-Solln-Fifi und kannst Isar-Trails mit mir laufen ...«
Ach ja. Und dann ist er nach zwei Stunden plötzlich wieder weg. Mein Vater hat ihn festgehalten, ihm Wasser gegeben und er war, nachdem er mich aus den Augen verloren hatte, einfach wieder umgedreht. Nach Hause. In sein Dorf und nicht nach Solln. Ich überlege mir lange, ob er mich vermissen würde, denn ich vermisse ihn sehr.

Ich habe wassergefüllte Brandblasen auf den Armen, ein schwarzbraunes Gesicht und einen roten Nacken. Zum wiederholten Male stürme ich ausgetrocknet, dehydriert einen dieser gutsortierten kroatischen Konzum-Supermärkte. Ich habe Geburtstag. Ich lasse es mir gutgehen. Ich renne mit einer 1,5-Liter-Flasche eiskalter Limonade aus dem Laden und sie ist nach zehn Minuten leer.

Ich weiß nicht, ob man seinen 43. Geburtstag laufend an einer kroatischen Landstraße verbringen sollte, aber ich weiß auch, dass man Geburtstage nicht überbewerten sollte. Meine Kinder, meine Freundin und die Mama hätte ich an diesem Tag gerne bei mir. Ich liege heute im Bett eines Bio-Bauernhofs von 1913. Mitten im Nichts der ultimative Style! Das ist ein Ressort, das Brad Pitt aufkaufen würde. Wenn das die Hipster mitbekommen, brennt diese Region.

## *Etappe 18*

Wäre es doch nur 5 oder 6 °C kühler, wäre die Strecke doch nicht immer so elendig kerzengerade.

Während des Laufens – authentischer ist es kaum möglich – gebe ich der weltberühmten *FAZ* ein Telefoninterview und werde gefragt, »was ich denn mache, wenn es langweilig und gerade an so einer hässlichen Landstraße entlanggeht.« Es gibt doch keine Lösung und mit diesem repressiven Ziel Istanbul und dem Motto, dass der Weg das Ziel ist, renne ich nun seit Tagen ohne zu murren stundenlang einfach geradeaus. Das würde ich sonst rein läuferisch nie und nimmer in Kauf nehmen. Hier funktioniert's!

Hätte ich nur wieder so einen Hund als Begleiter. Die Region zwischen Kutina und Parka – eine Gegend, die alle vergangenen Kriege aufs Übelste abbekommen hat – erinnert mich an die Toskana. Es ist wunderschön hier.

Die Störche. Überall diese majestätischen Tiere am Himmel. Wäre es nicht die Realität, es wäre pure Romantik oder gar Kitsch. Hier ist es pure Natur. Sechs Stunden lang bin ich damit beschäftigt, mir den Schweiß aus dem Gesicht zu reiben, die Mütze auf- und abzusetzen, die Sonnenbrille zu putzen, zu trinken, zu essen, zu fotografieren, Menschen zu grüßen, bellende Hunde zu beleidigen, zu navigieren und einfach nur rumzugucken, und das alles durchzogen vom ewig roten Faden: Laufen.

Ich halte für mich auch sehr bewusst fest, keine ernsthaften Probleme nach rund 855 Kilometern in rund 20 Tagen zu verzeichnen. Ich bin heute ein biss-

chen an dem Punkt, an den ich kommen wollte. Ich glaube, dass ich es schaffen kann. Sicher bin ich mir natürlich nicht ganz.
Was jedoch viel krasser ist: Meine Tochter Lia ist beim Sportfest ihrer Schule ganze 14 Stadionrunden gelaufen.

Die Lokalzeitung will ein Interview mit mir machen und ich gegenüber der Dame an der Hotelrezeption, die das vermitteln will, ziere ich mich ein wenig.
»Wissen Sie, wir haben nicht jeden Tag einen Mann aus München hier, der nach Istanbul rennt und in Pakrac schläft.«
Ich bin beruhigt, dass sie das so analysiert und sage zu. Am Abend gehen mein Vater und ich durch den Ort und suchen ein warmes Essen. Pakrac fesselt uns dabei. Wir sind sehr mit der Geschichte der Grenzstadt beschäftigt und fragen uns, wieso man hier die Spuren des Krieges in den 1990er-Jahren nicht irgendwann einfach wegsaniert hat. Wieso lässt man hier fast alles so, wie es der Krieg hinterlassen hat? Die zerstörten Gebäude, die Einschusslöcher und Granateneinschläge machen einen glauben, dass das alles noch nicht sehr lange her sein kann und vor allem immer wieder geschehen könnte. Es ist bedrückend real.

## 2011 – DIE KÄLTE

Wie jeder Ultratrail-Läufer wollte auch ich mir den Wunsch von einem UTMB-Finish erfüllen. Der »UTMB« heißt in voller Länge Ultra Trail du Mont Blanc, führt in einer 166 Kilometer langen und mit Anstiegen gespickten Runde durch drei Länder rund um den höchsten Gipfel Europas, startet und endet in diesem absolut fantastischen Ort namens Chamonix. Wer hier startet, weiß, was er tun will, hat gut dafür trainiert, frühstückt flache Marathonläufe und nimmt sich für ungefähr zwei Tage und Nächte nichts anderes vor außer zu laufen. Vor einigen Jahren war der Lauf bereits ein Spektakel, ein internationaler Wettkampf und gemeinhin die inoffizielle WM der Trailrunner. Tatsächlich versammelt der UTMB die besten Athleten dieses Sports aus der ganzen Welt. Und auch, wenn die Veranstaltung heute durchaus kritisch betrachtet werden darf, wollte ich 2010 un bedingt dabei sein, hatte ich doch brav die nötigen Qualifikationspunkte durch etliche andere Ultratrail-Finishs gesammelt. Jedenfalls stand ich Ende August mit 2.000 anderen am Start, war überwältigt von allem und lief 15 Minuten nach dem Startschuss über die Startlinie. Erst nach rund 15 Kilometern war überhaupt an normales Rennen zu denken, ohne sich dabei mit der Konkurrenz – die natürlich keine Konkurrenz ist, sondern Mitstreiter – zu verkeilen. Ich

rannte wie benommen, wie in Trance und lag unfassbar weit vorne. Ich startete viel zu schnell, schaute auf meine Uhr und musste erkennen, dass so ein Rennen über 166 Kilometer nach 15 Kilometern noch nicht einmal im Ansatz seine Herausforderungen ausgepackt hat. Ich drosselte mein Tempo und kam in meinen Tritt, meinen Schritt, den ich in Hunderten und Tausenden Trainingskilometern in den Hausbergen um München meinem Körper eingepflanzt hatte. Nach 21 Kilometern lief ich im ersten Checkpoint in St. Gervais mitten in eine Traube von Läufern und wunderte mich, dass die anderen sich schon so früh so lange ausruhten und keine Anstalten machten weiterzulaufen. Ein Franzose übersetzte für mich die damals noch weit weniger mehrsprachigen Durchsagen und versetzte mich mit einem kurzen Satz in einen Schock.
»The race is cancelled! It is over!«

Mein UTMB, der erste, der bis heute einzige, war vorüber, bevor er überhaupt richtig losging. Die Wetterprognosen für die anstehende Nacht waren so mies, dass der Veranstalter zum bis dahin ersten Mal, unter Tränen, entschied, das Massenereignis abzubrechen. Ich sah mich Minuten später in einem Reisebus, der mich und andere wie in Zeitlupe, wie in einem melancholischen Wim-Wenders-Film zurück zum Start brachte. Ich schlich in mein Hotelzimmer, starrte noch Stunden in meinen nassen Laufklamotten die Decke an und fühlte mich völlig »unfertig«. Der Lauf wurde zwar am nächsten Morgen verkürzt und auf einer Alternativroute neu gestartet, aber ich brachte keine Motivation dafür auf, ein Rennen zu laufen, das mit dem, was ich wollte, nur wenig zu tun hatte.

Über Wochen hinweg fühlte ich mich elend, wenn ich »UTMB« hörte, Bilder davon sah oder darüber lesen musste. Es ging mir radikal ans Ego. Ich hatte vor, einer dieser Typen zu sein, die 100 Meilen durch die Berge rennen können und mit ein paar Schürfwunden und leuchtenden Augen umjubelt im Ziel ankommen, und nun kam der Winter und ich würde einer bleiben, der beim UTMB gestartet war und nie in Chamonix ankam. Eine furchtbare Tatsache, aber noch im Dezember, im alten Jahr, sollte eine Lösung meines Problems folgen. Und diese Lösung war eiskalt, sehr weit weg und zunächst auf jegliche Art unvorstellbar.

Ich war nach nur vier Jahren Laufsport an einem Punkt angekommen, an dem ich so sehr in dieses Hobby vertieft war, dass mich Waldlaufrunden, Isar-Trails oder die Hausberge am Walchensee nicht mehr befrieden konnten. Ich war, für Außenstehende, der Sache süchtig und insofern voll und ganz in diesem

»höher, weiter, extremer« gefangen. Wie sehr es darum ging für mich, selbst zu laufen und wie viel davon, um andere zu beeindrucken, habe ich heute vergessen. Eine unglaubliche Lust am Laufen machte es mir jedenfalls sehr leicht, viel zu trainieren, ständig darüber zu reden und motiviert zu sein.

Robert Pollhammer ist selbst kein bis auf die Knochen ausgemergelter Ausdauersportprofi. Er ist kein krasser Bergläufer oder Bergsteiger, aber er veranstaltet einen Wettkampf, der einige Umstände vereint, die mehr als widrig sein können. Es ist ein Laufwettbewerb, der seine Teilnehmer nicht suchen muss – er wird von ganz alleine gefunden. Er zieht seine Teilnehmer magisch, von alleine an. Es scheint, als ob alle, die mitmachen, dafür vorgesehen sind. Robert Pollhammer besitzt einen Shop für Adventure- und Trailrun-Ausrüstungen bei Garmisch-Partenkirchen und ist einmal im Jahr für längere Zeit nicht für seine Kunden da, sondern setzt sich erst in ein großes Flugzeug, anschließend in ein kleines und landet dann im Yukon in Nordkanada. Dort veranstaltet er den Yukon Arctic Ultra, den er damit bewirbt, dass es der kälteste Ultralauf der Welt ist.
Es war genau ein Satz der Überredungskunst und ich nickte Robert zu. Ich. Ausgerechnet ich. Der Sommertyp. Der die Heizkörper bei 15 °C schon auf vier

von fünf dreht und den Winter verteufelt, jede Chance nutzt, zwischen November und Mai auf die Kanaren zu kommen. Ich, der Heizdecken-Fetischist im frostigen Yukon. 170 Kilometer bei minus 45 °C. Für mein angefressenes Ego natürlich das Beste, um diese UTMB-Niederlage zu vergessen. Mit dem Yukon Arctic Ultra wäre der UTMB doppelt eingeholt: Er ist genauso lang und die Umstände viel extremer. Man läuft in vielen Bekleidungsschichten, zieht einen Schlitten hinter sich her. Dieser Lauf erinnert mehr an eine Gipfelbesteigung als an eine Laufveranstaltung.

Es wurde ein Januar und ein Februar der absoluten Disziplin. Für meinen ansonsten eher intuitiven Trainingsstil wurde es bitterernst. Der Yukon trieb mir derart Angst in den Kopf, dass ich jede freie Minute nutzte und laufen ging. Ich nutzte sogar Zeiträume aus, die es gar nicht gab. Ich lief dann, wenn der Rest der Menschheit schlief, stellte den Wecker sonntags auf 4 Uhr 15, schlich mich aus dem Schlafzimmer, zog mich an und verdrückte dabei ein, zwei Riegel und rannte los.
Es war bitterkalt, so wie ich das wollte, es war stockdunkel und es war irgendwie hart. Zunächst zumindest. Diese ersten fünf Kilometer, wenn die Müdigkeit noch in einem steckt, wenn das warme Bett einem

noch nachhängt. Ich rannte 30, 40 manchmal 50 Kilometer. Ich dachte dabei an den Yukon, an Wölfe, an die Kälte und beobachtete während meiner Läufe andere Menschen, die meist ganz andere Dinge an so einem sehr frühen Sonntag um 4 Uhr 45 taten. Sie machten Liebe in Ihren Autos, auf Parkplätzen am Ufer des Starnberger Sees, sie liefen verwirrt durch die Gegend mit einem Blick, den nur synthetische Drogen verursachen können, oder sie jagten Wildtiere und regten sich fürchterlich über meine Anwesenheit auf. Ich tat etwas, das kein anderer zu diesem Zeitpunkt tat – ich rannte, obwohl es alles andere als angenehm war.

Ich wusste ja nicht mal im Ansatz, worauf ich mich einließ, flog in einem eher knappen Zeitrahmen nach Whitehorse, um dort mit einem befreundeten Fotografen zwei Tage vor dem Startschuss etwas orientierungslos durch die Goldgräberstadt zu schlendern. Alles, was ich für diese 100 Meilen wissen musste, beruhte nicht auf Erfahrungswerten, sondern rein auf Pollhammers Tipps und all dem, was ich über diese Art von Läufen im Internet und Büchern gefunden hatte. Ich verließ das sogenannte Race-Briefing leicht benommen mit nur einem Foto in meinem Kopf, das sich eingebrannt hatte: ein Bild erfrorener Zehen. Fotografiert mit einem Blitz, für maximale Detailgenauigkeit. Schwarz und kurz vor der Amputation. Ich hielt das zunächst für negative Propaganda – es war aber tatsächlich das, was bei jeder Austragung mindestens einem Teilnehmer passiert.

Was versammelte sich da für eine kuriose Gesellschaft am Start! Nicht zu vergleichen mit all dem, was ich je gelaufen war. Neben Läufern starteten hier auch die Kategorien auf dem Big Bike und den Langlaufskiern. Ein Deutscher, der in Sibirien lebt und die Tage vor dem Start zur Abhärtung oder Prahlerei in kurzen Armeehosen durch Whitehorse flaniert, als ob es eine Shoppingmeile in Südfrankreich wäre. Ein Italiener, der schon zum dritten Mal dabei ist und pro Teilnahme einen Zeh verloren hatte. Ein Einheimischer, der genau weiß, auf was er sich einlässt, die 430-Meilen-Strecke gewinnen wird und im Ziel mahnt, dass hier irgendwann noch ein Unglück geschieht. Dazwischen stand ich. Ohne jede Ahnung, aber zumindest warm angezogen, denn der Pollhammer hatte mich perfekt ausgerüstet.
Es sollten 33 Stunden werden, die mich durch eine eiskalte, schneeweiße Welt führten. Ich hatte für die ersten 50 Kilometer Gesellschaft, danach war ich alleine in einer Spur, die von Schlittenhundegespannen gezogen worden war und schier endlos durch eine gleichförmige Umgebung floss.

Bei Kilometer 42 endete das Rennen für die Marathonstarter in Rivendell Farm, und für mich war hier die Verpflegungsstelle eins. Ich spannte meinen Schlitten von den Hüften, um die warme Holzhütte zu betreten, und wurde mit dem ersten Schritt über die Türschwelle mit einem lauten »Get the f... out of here!« hinausgebeten. Ich hatte beim Briefing nicht aufgepasst. Es war den 100-Meilen-Startern nicht erlaubt einzutreten. Unser Platz war draußen. Ums Lagerfeuer herum. Ich wechselte also meine nasse Unterwäsche und stellte fest, dass diese bei minus 38 °C innerhalb von Sekunden zu einer Skulptur erfriert. Ich brach sie also runter wie ein Stück Pappe und steckte sie in den Schlitten. Die dünne Daunenjacke, die ich als Midlayer trug, wollte ich am offenen Feuer trocknen, und dabei brannte mir ein ganzer Ärmel einfach ab. Ich sammelte mehr Praxiserfahrung als mir lieb sein konnte, nach etwa einem Viertel meiner Strecke.

Die erste Nacht brach an, aber der Mond und der Schnee sorgten dafür, dass der Trail immer gut sichtbar blieb. Ich wechselte vom Laufmodus in ein schnelles Marschieren und schob mich wie ein Roboter an langen Skistöcken durch die immerzu wellige Landschaft. Die Temperatur sackte nochmals ab und ich zog mir alles über, was in meiner Tasche auf dem Schlitten zu finden war. Andere Teilnehmer schliefen diese Nacht in Biwakzelten, ein anderer war vor lauter Kälte so entkräftet, dass er völlig orientierungslos in die falsche Richtung lief und mir entgegenkam. Er behauptete, ich wäre es, der den Weg nicht kennt. Wir diskutierten unsere unterschiedliche Meinung nur sehr kurz aus und entfernten uns voneinander. Nach Mitternacht überdachte ich meine Taktik und entschied mich für eine Schlafpause. Ich spannte meinen Schlitten ab, zog Schlafsack und Biwakzelt heraus, verkroch mich und versuchte mit meinem Kocher Schnee zu heißem Wasser aufzukochen, aber das Gas wollte bei minus 45 °C nicht aus der Flasche steigen. Ich probierte also mit dem Wasser meiner Thermoskanne eine Instantsuppe aufzulösen und sah dem ausgegossenen Wasser zu, wie es noch in der Luft im Bruchteil einer Sekunde zu einem Eiszapfen wurde. Ich war als absoluter Rookie, als völliger Nerd in einem Rennen unterwegs, das mich mit seinen Bedingungen komplett überforderte. Ich war nicht annähernd darauf vorbereitet. Nach nur zehn Minuten, an einem steinharten Müsliriegel nagend, bekam ich Schüttelfrostattacken und beendete umgehend die Pause. Ich rannte über 20 Minuten lang wie ein Irrer durch die Nacht, um möglichst schnell wieder warm zu werden. Ich hatte keinerlei Gefühl mehr in den Fingerspitzen und hatte nach nunmehr 75 Kilometern auch keine Sympathien für die Kälte entwickelt.

Überrascht war ich lediglich darüber, dass ich vorankam und noch am Leben war.

Am Mittag des nächsten Tages freute ich mich über viele Kilometer lang auf die zweite Verpflegungsstelle, die in einem großen und beheizten Zelt inmitten der Wildnis aufgebaut wurde. Ich betrat die schiefe Improvisation wie der Darsteller eines Tarantino-Westerns. Ich blickte mich ruhig um, nahm meine Schutzmaske vom Gesicht und realisierte nüchtern, dass alle der insgesamt sieben Sitzplätze besetzt waren. Also blieb ich stehen.

Ich war wütend. Ich war beleidigt. Das einzige, was mir nun etwas die Laune hob, war frei zugängliches, heißes Wasser. Ich quellte meine Fertignahrung auf und schnappte mir den ersten freigewordenen Platz, wie ein freches Kind.

Anders als bei allen anderen Ultratrails gab es hier in diesem Zelt kein Lachen, keine lässigen Sprüche oder markigen Unterhaltungen zwischen den Teilnehmern. Die Kälte machte aus uns stille und einsame Läufer. Ich hatte das Gefühl, dass jeder versuchte, möglichst wenig zu reden, zu denken, zu tun, um jedwede Energie einzusparen, um diese für alles, was noch kommen konnte, übrig zu haben.

Nach 30 Minuten war ich fast froh, dieser depressiven Hölle zu entfliehen. Es fühlte sich irgendwie gut und befreiend an, wieder ganz alleine einen Fuß vor den anderen in den harten Schnee zu setzen und zu wissen, dass ich mit jedem dieser Schritte dem Ziel in Braeburn näherkomme. Nach 100 Meilen, also 170 Kilometern, würde im Ort Braeburn ein Bisonburger auf mich warten. Ein Hackfleischmassaker mit Fritten und ein ganzer Liter Coke. Das war meine Motivation, als ich Dog Grave Lake hinter mir zurückließ und nun immer wieder ängstlich nach der Uhrzeit blickte, denn ich wollte eines auf keinen Fall nochmals erleben: eine zweite Nacht. Ich wollte bei Tag im Ziel sein, aber das wurde immer unmöglicher. Die letzten 30 Kilometer. Ein Kamerateam der *ZDF-Sportreportage* stand steifgefroren am Trail, winkte mir in roten Canada-Goose-Jacken mit Fellkragen mechanisch zu und gab mir mit auf den Weg, dass es ja nur noch 34 Kilometer wären. Ich fand das super. Ich redete mir dann auch tatsächlich ein, dass 34 Kilometer eben nur etwas mehr als 30 Kilometer seien. Es ist im besten Fall ein 3,5-Stunden-Lauf an der Isar entlang, im längeren Fall ein 6-Stunden-Lauf in den Alpen oder im schlimmsten Fall das, was folgen sollte. Es wurde Nacht. Zum zweiten Mal und nach über 80 Meilen.

Ich stoppte ein letztes Mal, öffnete meine Tasche, um mir etwas Essbares aus einem Beutel zu holen, und verlor dabei einen meiner Handschuhe. Er musste irgendwo in dieser Tasche liegen. Ein schwarzer Daunenhandschuh zwischen schwarzen Beuteln, schwarzen Tüten und dunkelblauem anderen Zeugs. Ich beschloss in diesem argen Moment, nie mehr Schwarz zu mögen, nie mehr schwarze Jeans, schwarze T-Shirts und schwarze Sneakers zu tragen. Ich riss in einer tiefen Panik alles aus dieser Tasche und fand nach einer Unendlichkeit diesen Handschuh, der, als ich ihn mir wieder über die Finger zog, alles war, was ich jemals gesucht hatte.

Ich wankte in Richtung meinem Ziel und erinnerte mich an diese längste Etappe des Marathon des Sables. Der eine war Hitze pur, und hier Kälte. Man muss keine Vergleiche anstellen, aber hohe zweistellige Minusgrade machen einen 100-Meiler nicht gerade einfacher.

Fünf Kilometer vor dem Ziel raste mir mein Fotograf auf einem Ski-Doo entgegen und fuhr diesen letzten Abschnitt wie ein Führungsfahrzeug vor mir her. Er versprach mir ein unvergessliches Finish. Ich erzählte ihm mit zittriger und gebrechlicher Stimme, dass ich seit Stunden furchtbare Kreaturen im Wald sähe, vor vielen Kilometern schon große Gebäude gesehen hätte, an mehreren Campingplätzen vorbeigekommen war und von Wölfen verfolgt werde. Er lachte und versprach mir, dass ich bald von niemandem mehr verfolgt werde.

Ich bog aus dem Wald und sah nach über 33 Stunden zum ersten Mal wieder Zivilisation. Es war zunächst eine Straße, dann Beleuchtung. Ich wechselte vom Trail der Schlittenhunde auf eine freigeräumte Fläche, sah einen riesigen Truck und schließlich das Gebäude. Kein Ziel. Kein Zielstrich, kein Torbogen, kein Moderator. Absolute Stille. Ich wusste nicht, wie ich mit dieser Situation umgehend sollte, legte meinen Schlitten ab und betrat das Gebäude schüchtern, das ganz offenbar mein Braeburn war, ein Restaurant für Trucker und nun auch für mich. Zwei nur kurz vor mir angekommene Briten applaudierten. Es war der ehrlichste und herzlichste Applaus, der die totale Ruhe in diesem Diner messerscharf durchschnitt. Eine junge Frau nahm im Nebenbei sehr sachlich meine Ankunftszeit entgegen, die so enorm war, dass man die Sekunden einfach wegließ, weil sie nichts, aber auch gar nichts mehr zur Sache taten.

Bei den beiden Briten war bereits jegliche Anspannung einer aufhellenden Heiterkeit gewichen und sie kümmerten sich um mich wie junge, besorgte Eltern. Als nur kurze Zeit später meine Schichten an Jacken über dem Stuhl hingen und dieser Bisonburger wie eine Geburtstagstorte zum Auspusten vor mir stand, heulte ich jämmerlich.

Ich bedankte mich noch in dieser Nacht in einer langen Umarmung bei Robert Pollhammer für alles. Ich

sagte ihm tatsächlich, dass ich ihm für »alles« sehr, sehr danke. Für was alles? Es war völlig verrückt, aber ich würde niemals mehr zurückwollen in den Yukon zu diesem schweinekalten Rennen. All jenen, die hier die 300 und 430 Meilen über viele Tage und Nächte laufen, kann ich zwar hohen Respekt zollen, aber auch herzlichst den Vogel zeigen.
Im Grunde war also dieser YAU, im Norden von Kanada, im Februar, das, was der UTMB um Chamonix im August hätte werden sollen. Ich war meinen ersten 100-Meilen-Lauf auf Schnee gelaufen. In Klamotten, in denen man sonst niemals nie zum Laufen gehen würde, sondern eher einen 7.000er besteigen. Ich rede mir bis heute ein, dass diese 33 Stunden die Zeit gewesen wären, in der ich in Chamonix eingelaufen wäre.

## *Etappe 19*

Ich laufe noch immer. Seit Tagen die gleiche Szenerie. Eine ewige Gerade, links und rechts sattes Grün, Einfamilienhäuser unverputzt, Kinderrutschen, Gartenspielzeug für Kinder aus Plastikguss und Menschen, die grillen, mähen oder den Traktor reparieren. Es ist eine Landidylle, es ist gleißend hell und das wahre Leben kroatischer Vororte, und ich bewege mich wie ein bunter Fremdkörper fast fließend durchs Land. Alte Männer mit faltigen Gesichtern, die vor ihren Häusern sitzen, rufen mir hinterher, applaudieren, und wenn ich auf Deutsch etwas zurückwerfe, finden sie sofort eine deutsche Antwort. »Deutsche Antwort« hört sich nicht gut an. Viele der älteren Kroaten sprechen jedenfalls ein paar Brocken deutsch.

Es ist Samstag. Ich überlege mir, was ich an so einem Samstagmittag tun würde, wäre ich zu Hause. Diese Überlegung ist im Moment abstrakt. Ich fühle mich nach drei Wochen laufen, als ob ich nie, niemals etwas anderes getan hätte.

Der Balkan brennt. Nach den Läufen glüht mein Körper bis spät in den Abend nach. Nasse Handtücher sollten mich auf dem Hotelbett liegend runterkühlen, aber ich habe den Eindruck, sie sind binnen Sekunden wieder schranktrocken. Ich sehne mich nach nur einem einzigen Regentag, nach einem Tag mit Wolken und etwas kühlem Wind.

Nun bin ich also in Slavonski Brod. Mein Hirn ist so weich gekocht, dass ich beim Laufen den Namen dieser Stadt so oft in unterschiedlichsten Betonungen singe, bis ich es selbst so abartig finde, dass ich an meinem geistigen Zustand zweifeln muss. Ich singe dann stattdessen »You give love a bad name« von Bon Jovi. Ich hatte diesen Song leider beim Frühstück als

Ohrwurm aufgeschnappt und muss ihn als überzeugter Bon-Jovi-Hasser wohl auf diese Weise verarbeiten. Ein Ohrwurm ist überhaupt das Schlimmste, was einem Langstreckenläufer passieren kann. Sie können einen guten Lauf zerstören, zerlegen, zum Horrortrip machen.

Heute ist der dritte Ruhetag in 21 Tagen. Ich bin mittlerweile besessen von der Idee, dass solch ein Ruhetag möglichst effektiv sein muss, um mich wieder in die Spur zu bringen. Ich würde gerne ein Thermalbad finden, finde aber keines. Also bleibe ich einfach im Bett liegen und lade mir Filme aus dem iTunes Store runter, sortiere Fotos und dusche meine Beine mit kaltem Wasser ab. Der Tag vergeht ohne Sinn und Unsinn. Einfach so. Ich kann mich nicht erinnern, in den letzten Jahren solch einen Tag verbracht zu haben und finde es eigentlich richtig gut. Am nächsten Vormittag wechseln wir jedoch leicht verstört das Hostel.

Bislang hatte das mit dem Buchen der täglichen Hotelaufenthalte gut geklappt. Es gibt dafür – wie für fast alles – eine App. Die Bewertungen geben zumindest eine grobe Orientierung, ob man ganz falsch oder eben ganz okay liegt.

Diesmal ist es anders. Das Hostel ist gut bewertet, die Bilder fett retuschiert oder zumindest enorm vorteilhaft ausgeleuchtet. So beleuchtet, dass es mit der Wahrheit nichts mehr gemein hat. Es ist ja schon merkwürdig, dass 98 Betten von 100 frei sind, es ist seltsam, dass der Chef des Ladens nicht weiß, ob es WLAN gibt, wie man bezahlen kann oder ob es Frühstück gibt. Wir quälen uns also durch diese 30-°C-Nacht, ohne Klimaanlage und mit dem ständigen Gefühl, dass in all den leeren Zimmern doch irgendwelche Menschen sind. Da sind welche. Da stimmt was nicht.

Am nächsten Morgen weckt mich mein Vater mit einem geschwollenen Gesicht und ich wünsche ihm mit einem ebenfalls geschwollenen Gesicht einen Guten Morgen.

»Checken wir aus?«

»Wir checken sofort aus! Ich kippe hier gerade in eine fette Depression hinüber! Da laufe ich ja lieber wieder. Wir suchen uns wieder so eine Landpension! Wenn ich meinen Ruhetag hier in diesem Horror-Hostel verbringen muss, dann kann ich morgen keinen Schritt mehr tun. Hier ist was faul und selbst wenn nicht, dann will ich hier einfach nicht mehr sein.«

Auf die Frage des Chefs, ob denn alles in Ordnung wäre, sage ich: »Ja, ja, alles gut! Bisschen warm nachts ohne Klimaanlage!«

Ich hätte diesem Kerl niemals ins Gesicht gesagt, dass sein Schuppen das Übelste ist, was ich je gesehen hatte und er für seine Geldwäsche doch bitte kein Hostel hätte auswählen sollen, sondern wie alle anderen Gauner einen Glücksspielsalon oder ein Autohaus, Sportwetten, so was eben. Ich hätte zu sehr Angst gehabt, dass meine Leiche in Stücke gehackt die Save, zwischen Kroatien und Bosnien, hinabschwimmt, und als Leiche würde ich niemals mehr laufen können. Oder bis nach Istanbul kommen.

Wir sind jetzt tatsächlich in einer Landpension, die direkt auf meiner Strecke liegt, die ich morgen wieder laufe. Ich habe das Zimmer auf minimale 17 °C runtergekühlt, der Gastwirt hat uns Wiener Schnitzel gebrutzelt und das mittlerweile abgeschwollene Gesicht meines Vaters mit selbstgebranntem Fusel erneut zum Glühen gebracht …

## DIE FAST GRENZENLOSE FREIHEIT UND MEIN OPA

Ich bin ein Kind der 70er- und 80er-Jahre. Ich wuchs ohne Stress auf. Ohne Druck. Meine Eltern taten etwas, was heute fast undenkbar ist: Sie ließen mich einfach machen, sie drängten mich nicht auf ein Gymnasium und waren froh, wenn ich mich über Stunden hinweg mit dem Wohnungsschlüssel in der Tasche im Wald herumtrieb. Ich konnte essen, was ich wollte, ich konnte aufbleiben, so lange ich wollte und die Wände meines Zimmers so bemalen, wie ich wollte. Es gab keinen Fernsehstopp und meine Eltern bestanden nie darauf, dass ich Bücher lese oder ein Instrument spielen lerne. Alles was mir in Erinnerung blieb, ist der Drang meines Vaters nach Bewegung, und wie sehr sich das auf mich übertrug.

Meine Mutter kaufte sich für 900 Mark einen gebrauchten, von Rost zerfressenen Ford Fiesta, und stellte mir einen Eimer Farbtöpfe und Pinsel neben den Wagen. »Hier, schau, leg los. Du kannst ihn bemalen wie du willst und wo du willst. Nur die Scheiben musst du frei lassen!«

Ich erinnere mich nur an eine einzige Situation, in der mein Vater mir ganz klassisch den Hintern versohlte. Er zog mich an den Ohren, legte mich wie in einem Heimatfilm der 1950er-Jahre übers Knie, zog seinen Ledergürtel aus der Hose und zog ihn genau zweimal über mein Hinterteil. Zweimal, so zaghaft, dass es überhaupt nicht wehtat. Ich spielte in unserer 55-qm-Wohnung Fußball, ignorierte jeden Einwand meiner Eltern und schoss irgendwann eine 35-Liter-Rotweinflasche um, die man damals als mannshohe Dekoration im Flur stehen hatte. Natürlich völlig bescheuert und somit zu Recht von mir zerstört. Die Wohnung war geflutet, der neu verlegte Teppich getränkt.

Mein Vater war phasenweise ausgesprochen streng, oft mit sich selbst beschäftigt und launisch. Meine Mutter hingegen war die Ruhe selbst, eine Frau mit guter Laune, einer positiven Ausstrahlung, und ich stellte mir lange die Frage, wieso die beiden eigentlich ein Paar sind. Heute weiß ich wieso.

Die meiste Zeit war ich bei meinen Großeltern, die im selben Haus lebten. Es gab nichts Schöneres, nichts fühlte sich wärmer und geborgener an als mit Oma und Opa zu frühstücken oder stundenlang fernzusehen. Ich glaube ich war der einzige Mensch, der so nah an meinen Großvater herankam. Ich hörte zu, ich stellte nur wenige Fragen und er erzählte vom Krieg. Von Dingen, die in einem Leben nicht passieren dürfen. Dass all das, was er mir da in bunten Bildern berichtete, kein Märchen war, wurde mir erst so richtig klar, als er gestorben war.

Mein Großvater musste als junger Mann an die vorderste Front nach Russland, in diesem bitterkalten Winter. Kanonenfutter. Sein bester Freund starb neben ihm im Schützengraben und er kam als gebrochener Mann zurück zu seiner Familie. Er erholte sich nie mehr von diesen Erlebnissen. Ein großes Haus, eine liebende Frau, drei Kinder, ein guter Job und ein warmes, soziales Umfeld konnten nicht mehr geraderücken, was die Kriegsjahre in ihm zerstört hatten. Nur wenige Monate vor seinem Tod – er lag im Krankenhaus mit einem Lungenleiden – erzählte mir sein Zimmerpartner, dass er ihn kennen würde. Er hätte ihn wiedererkannt. Sofort. Beim ersten Anblick. Er hätte ihn zuletzt in Russland gesehen und wir könnten stolz auf unseren Opa sein.
Als meine Mutter ihren Vater einmal fragte, ob er nicht Lust hätte, bei einem lokalen Schützenturnier der örtlichen Vereine mitzumachen, sagte er zu ihr: »Kind, ich nehme kein Gewehr mehr in die Hände!«
Das Thema Krieg war lange unmittelbar und ausschließlich mit meinem Opa verbunden. Erst Jahre später, mit dem Krieg in Jugoslawien, wurde Krieg eine Sache, die so nah an mich heranrückte, dass ich begriff, dass es mehr ist als Erzählungen eines alten Mannes.

Für meinen Großvater muss das Leben seiner Tochter, meiner Eltern auf verschiedene Weisen seltsam gewesen sein. Zum einen war er wohl froh – ohne es jemals auszusprechen oder zu zeigen –, dass seine Tochter und ihr Mann ein sogenanntes gutes Leben führten. Zum anderen konnte er nicht begreifen, wie meine Eltern, wie überhaupt die nächste Generation andere Werte pflegte, Sport als Lebensmittelpunkt lebte, Urlaube zelebrierte und viel Geld für bloße Freizeitbeschäftigungen ausgab. Es muss ihm fremd gewesen sein. Mein Opa hatte einen Krieg erlebt, wie sollte er denn noch irgendetwas verstehen auf dieser Welt. Sein einziger Sohn war ihm zudem regelrecht entglitten, wollte Künstler, Musiker, Dichter und Komponist werden, trug Mitte der 1980er-Jahre gelbe Kunstlederhosen, spielte in lokalen Bands und provozierte seinen Vater mit Protestaktionen, die ihn mit Hitler-Bart als Aushilfsmüllmann am Haus seiner Eltern vorbeifahren ließen. Ich fand das ziemlich lustig, seinerzeit als Elfjähriger. Die Stimmung im Mehrgenerationenhaus war indes angespannt. Hier prallten einfach Gegensätze aufeinander. Es war ein freistehendes, hellgelbes Haus. Ein Haus in den 1980er-Jahren in der alten Bundesrepublik. Einmal pro Woche wurde es geputzt, gekehrt und gewischt.

Ich hatte meinen Platz hier gefunden. Dass meine Eltern mich machen ließen, mich nie mit zu viel Zuneigung und Aufmerksamkeit überschütteten und oft mit sich selbst beschäftigt waren, empfinde ich heute als ein großes Glück. Ich lernte früh, mich selbst zu beschäftigen, wurde kreativ, nein, musste kreativ werden. Wenn ich an meine Kindheit zurückdenke, ist es ein Geschenk, dass ich noch viel Zeit mit meinem Opa und meiner Oma verbringen konnte. Ihre Ruhe, ihre grenzenlose Zeit und Liebe tragen mich heute noch durchs Leben. Dass meine eigenen Kinder ihre Großeltern nur selten sehen können, obwohl ich weiß, wie sehr sie sie mögen und vermissen, macht mich oft traurig.

*Etappe 20*

Ultra. Heute ist ultra. Ich gegen 55 Kilometer und ich gegen die Straße, gegen Lastwagen, gegen dieses Donnern, das im Minutentakt nur knapp an meinem Ellbogen vorbeirauscht.
Als jemand, der gerne in den Bergen auf natürlichen Wegen läuft, die fern von jeder Straße und jedem Lastwagen liegen, die nie kerzengerade, sondern immer nur so führen, wie es die Landschaft bestimmt, ist das stupide Gerenne auf dem Seitenstreifen dieser Bundesstraßen ein Horror. Das große Wunder ist jedoch, dass ich mich an diesen Zustand gewöhne, ich

nehme es an, ich mach mir sogar immer weniger Gedanken darüber. Zwar rufe ich nach wie vor jedem zweiten Lastwagenfahrer »Hurensohn«, »Arschkopf« oder »Schwerverbrecher« hinterher, aber ich meine das weit weniger böse als noch vor einigen Tagen.

Serbien wird mit jedem meiner Schritte rustikaler, ich habe das Gefühl, dass jegliche Farbe langsam verschwindet und ich in eine andere Zeit, zurück in die Vergangenheit laufe.

«You give love a bad name.« Da ist er wieder, dieser scheiß Bon-Jovi-Song. Bekomme ihn nicht aus dem Kopf und frage mich, wieso mir, wenn schon 80er-Rock, nicht Boston, Journey, Neil Young oder ein guter Supertramp-Song im Kopf hängen bleibt.

Mein Handy tönt. Meine Mutter appt einen Zeitungsartikel der heutigen *FAZ*. Ich sehe ein Foto meines Interviews während des Laufens, also bei Kilometer 27 auf meinem Smartphone. Ich sage zu meinem Vater: »Hey, ich kann den Lauf beenden. Ich bin berühmt und mit einer ganzen Seite in einer seriösen Tageszeitung! Es gibt keinen Grund mehr, sich weiter abzuquälen.«

Er lacht. Ich lache. Er fährt an mir vorbei, ich renne weiter.

## *Etappe 21*

Wie immer renne ich früh am Morgen los. Die ersten 500 Meter tun weh. Wie immer. Mein System braucht etwas. Ich stehe also um 6 Uhr 30 auf, frühstücke einen minimalen Bruchteil von all dem, was auf dem Tisch steht und ihn geradezu nach unten biegt. Die Kroaten meinen es nahrhaft mit mir und servieren Speck, Eier und tonnenweise Weißbrot. Es muss unglaublich uncharmant wirken, dass ich im Prinzip fast nichts davon anrühre. Zu meiner Verteidigung – ich sagte ja, dass ich das alles nicht bräuchte und es zwar durchaus mögen würde, was aber wiederum ziemlich unvernünftig wäre.

Ich bespreche mit meinem Vater die Route, wir stecken Punkte fest, an denen er auf mich wartet. Wenn ich dort ankomme, erhebt er sich aus seinem Campingstuhl, reicht mir Getränke und erkundigt sich nach meinem Zustand. Ich sage, dass es mir sehr gut geht, den Umständen angepasst. Und er erzählt mir, dass das Auto schmutzig ist und er es waschen sollte.

Heute komme ich bei brütender Mittagshitze nach 23 Kilometern in Otok an und sehe aus der Ferne (klar aus der Ferne, denn hier ist alles immer eine Gerade) das Auto meines Vaters stehen (es ist relativ schmutzig), aber er ist nicht da. Ich höre seine Stimme in ei-

nem Hinterhof. Ein Tor steht offen und ich trete, noch im Laufschritt, in den Hinterhof des kleinen Bauernhauses. Da sitzt mein Erzeuger. Am Gartentisch mit drei einheimischen Herren. Mein Vater mit all seinen Zähnen, die drei vollkommen ohne. Auf dem Tisch: Bier, Kaffee, Schinken, Gebranntes. Ich pausierte also erstmals völlig integriert in Land und Leute und flüsterte meinem Vater, kurz vor meinem Weiterlauf, ins Ohr: »Nimm das Zeugs bloß mit, wenn sie dir was anbieten! Das ist gutes Zeugs hier!«
Die Herrenrunde ist jedenfalls amtlich. Am Tisch ein Mann namens Ivo, der 30 Jahre lang in Augsburg gearbeitet hat und nun den Ruhestand in seiner Heimat verbringt. Drei Frauen wäre er los und wieder Single. Zwei gestorben und eine auf und davon. In Augsburg wollte er nicht bleiben, denn dort könne man viel schlechter barfuß rumlaufen als hier in Otok.

Ich renne die letzten 14 Kilometer bis in mein Tagesziel nach Nijemci. Der Ort trägt offen seine Narben des Krieges. Viele Gebäude sind zerstört und wurden bis heute nicht erneuert. Der letzte Krieg ist hier sehr präsent und ich denke, ob ich will oder nicht, viel darüber nach. Ich glaube, wenn man sich mit dem Thema Krieg und Frieden auseinandersetzen will, muss man solche Orte sehen und erleben.

Sportlich gesehen bin ich voll im Plan. Ich liege auf Kurs. Ich bin zwar müde, aber fit. Nach 21 Etappen habe ich nur noch Angst, dass der Moment kommt, an dem ich topfit bin, aber einfach keine Lust mehr habe, morgens aufzustehen und zu laufen.

Ich bin an einem speziellen Punkt angekommen. Mein täglicher Marathon ist nun Routine, ich laufe gerne und doch sehne ich mich ständig nach Dingen, die nichts mit der Monotonie meines Laufens zu tun haben. Ich verfalle in Tagträume, wenn ich mich mit elf Kilometern pro Stunde stur vorwärtsbewege und meinen Kopf leicht senke und somit meist nur die fünf Meter direkt vor mir im Blickfeld habe. Ich träume davon nicht zu laufen, sondern in München mit meinen Kindern in einem Biergarten zu sitzen oder mit ihnen gemeinsam eine Bergwanderung zu machen und auf einer Hütte mit Panoramablick in das Karwendelgebirge zu blicken. Ich träume davon, im Freibad zu liegen, mich den Isarkanal hinabtreiben zu lassen, fettige Pommes rotweiß zu essen und eine eiskalte Spezi zu trinken. Ich träume bei Kilometer 35 der 21. Etappe davon, dass mich Bruce Springsteen mit seiner E-Street Band in einem Greyhound-Bus überholt, anhält, mich mitnimmt und ich im nächsten großen Ort sein Ehrengast, backstage, sein darf. Er würde mich dann abends während des Konzerts auf die Bühne holen und wir würden im Duett »Waiting on a sunny day« singen. Anstatt jetzt zu laufen und darüber nachzudenken, wann die Hitzequal heute ein Ende hat und ich im kühlen Hotelzimmer liegen kann, wünsche ich mich an diesem Julitag nach München auf unsere Terrasse zu meiner Freundin. Wir würden Tegernseer Helles trinken, was auf den Grill werfen, Freunde und Nachbarn würden uns besuchen. Wir würden Nirvana und altes Grunge-Zeugs hören und nach ein paar Absackern alle zusammen so laut lachen, dass wir uns gegenseitig ermahnen müssten, leiser zu sein. Dann würde es donnern und blitzen, aber das Gewitter würde vorüberziehen.

## MEINE MUTTER

Wenn ich laufe, laufe ich auch immer für meine Mutter. Sie hat vor nicht allzu langer Zeit zu mir gesagt, dass sie, wenn sie nochmal jung wäre, in jedem Fall auch dieses Trailrunning betreiben würde. Sie würde sehr gut erkennen, wie schön diese Bewegung ist, wie gut der Sport den Menschen tut, wie natürlich das alles zu sein scheint und vor allem, wie nett diese »Szene«, diese Menschen sind, die dieser Sport mittlerweile vereint.

Meine Mutter war nie eine Sportlerin. Sie stand am Rand des Fußballfelds, bewunderte meinen Vater, wie er dem Leder hinterherhetzte und später, wie er seinen Tennisschläger vor lauter Wut in den Boden schlug. Vermutlich wäre sie eine ganz hervorragende Ausdauersportlerin gewesen, denn meine Mutter hat Ausdauer, einen Willen und die seltene Gabe, Dingen, egal welcher Art, am Ende einen positiven Schwung zu verleihen. Ein Glas, zur Hälfte gefüllt, ist bei ihr immer halbvoll und niemals halbleer. Ich habe viel von meiner Mutter vererbt bekommen – es hätte gerne noch mehr sein können.

In den 1960er-Jahren machte sie eine Ausbildung zur Friseurin im Ort, heute blickt sie auf eine bewegte berufliche Karriere zurück, eine Ansammlung an Jobs, die meist schwer und mühsam waren. Sie putzte lange Jahre im Krankenhaus, war die Frau für alle Fälle bei einer Familie, die zu schnell an zu viel Geld gekommen war, verkaufte Backwaren in einer Bäckereikette, die es ihren Verkäuferinnen verbot zu sitzen, pflegte für wenig Lohn Menschen im Altersheim oder lötete Platinen für PCs zusammen, die zu dieser Zeit noch in Deutschland produziert wurden.
In meiner Kindheit war sie einige Zeit selbstständig und führte eine sogenannte Quelle-Agentur. Sie verkaufte dort allerhand, was es in diesem 960-Seiten-

Katalog gab. Nach der Schule besuchte ich sie fast immer in ihrem kleinen Laden. Wenn keine Kundschaft da war, hielt sie sich im vom Zigarettenrauch vernebelten Büroraum auf und kümmerte sich um eine nie enden wollende Buchhaltung. Ihr Laden stand in keinem gesunden Verhältnis zu dem, was er abwarf. Die Leute bestellten wie wild, gaben aber in den meisten Fällen die Waren wieder zurück. Das war damals schon ein ähnlich unmoralisches Verhalten wie heute in Zeiten des Internetkonsums. Oder war schlicht das Geschäftsmodell von Quelle, damals schon genauso unmoralisch wie es heute Amazon oder Zalando sind.

Meine Mutter gab mir all ihre Liebe. Im Gegensatz zu meinem Vater war sie ausgeglichen, ruhig und gab mir immer das Gefühl, dass, egal was ich tat, es stets das Richtige war. Dieses Vertrauen führte dazu, dass ich ihr vertraute. In all den vielen Unsicherheiten und Verwirrungen meiner Jugend und des frühen Erwachsenseins half sie mir, ohne jemals etwas dafür einzufordern. Bedingungslos. Man kann sich keine bessere Mama vorstellen. In einer Sache passte meine Mutter damals schon geradezu perfekt zu meinem Vater – sie dachten sich etwas aus und zogen es dann durch. Sie hatten ein Problem und lösten es gemeinsam. Eine schwierige Ehe? Ganz gewiss auch. Aber eine Ehe. Eine echte Ehe. Und Liebe. Echte Liebe. Heute bewundere ich meine Eltern sehr dafür, wie sie mich letztlich losließen, wie souverän sie damit umgingen, als ich aus dem Haus ging. Ich ging damals ja nicht in einer fein gebügelten Bundfaltenhose, mit Seitenscheitel und Abitur. Ich ging und hinterließ ihnen einige Fragezeichen.

## MEINE ERSTE ZEITSCHRIFT

Zeitschriften sind eine eigene Welt und im Zeitalter digitaler Medien wahlweise Dinosaurier, die unbeweglich und antiquiert wirken, oder eben wertig und stabil sind und zeitlos relevant.

Ich bin mit Zeitschriften aufgewachsen, ich erinnere mich an die *Playboy*-Sammlung meines Vaters, die im Bettkasten versteckt war, und an die Lesezirkel-Lieferung meines Opas, Leihmagazine, die wöchentlich an die Tür gebracht wurden. Darunter seriöse Blätter, wie *Spiegel* und *Stern*, aber auch seichte Unterhaltung wie *Quick*, *Neue Revue* oder *Das Goldene Blatt*. Die hüllenlosen Damen der *Neuen Revue* beeinflussten ganz sicher meine frühe Sexualität, Reportagen im *Spiegel* mein erstes Verständnis für Journalismus und wie sehr so ein Redakteur seine Spuren hinterlassen kann.

Nach meinen, nun ja, unterdurchschnittlichen Leistungen in der Schule war mir jeder Weg zu einem Studium versagt, und doch sollte sich ein Trail für mich öffnen, der mir einen beruflichen Weg ebnete, den ich so niemals erwartet hätte. Es waren Zufälle, Glück und ganz gewiss einige Gönner, die es gut mit mir meinten.

Mein ehemaliger Berufsschullehrer sollte die Hände über dem Kopf zusammenschlagen, als ich wieder vor ihm stand, war er doch genau drei Jahre zuvor himmelfroh gewesen, mich in die Gesellenwelt zu verabschieden. Nun sollte ausgerechnet er mir diese neue, revolutionäre Welt des digitalen Publizierens beibringen. Ich hatte Glück, bewarb mich um einen Platz auf der Staatlichen Fachschule für Informationsdesign und wurde tatsächlich aufgenommen. Meine mittelmäßige, aber inhaltlich wertvolle Ausbildung zum Druckformhersteller war jedenfalls Qualifikation genug, um nun für zwei Jahre wieder die Schulbank zu drücken. Meine allzu rotzige, gleichgültige Art war einem durchaus ernsthaften Interesse an Grafikdesign und Typografie gewichen. Der Lehrer mochte mich dennoch nicht, er blickte verständnislos auf meine tätowierten Arme und sprach sehr offen aus, dass ihm das widersagte. 1997, in diesem letzten Jahrtausend, waren Tattoos zwar kein seltenes Phänomen unserer Gesellschaft, aber an den Unterarmen und Ellbogen doch noch eher ungewöhnlich. Heute wären tätowierte Arme, Hälse und Finger vielleicht die vorherrschenden Aufnahmekriterien in Schulen, die im Ansatz mit Werbung und Design zu tun haben. Vielleicht aber auch nicht.

Ich arbeitete mich fleißig, manchmal bemüht durch die Schulzeit, entwickelte eine echte Dynamik und verabschiedete mich mit einer mehr als ordentlichen Abschlussarbeit. Anders als der Rest meiner Klasse: nicht mit einer Homepage, einem Video, Weinflaschenetiketten oder Image-Broschüren für mittelständische Metallbaufirmen, sondern mit einem »Fanzine«, einer gedruckten Zeitschrift. Ich nannte sie *Motive* und ich war im Impressum der Grafiker, Chefredakteur, Fotograf und Produzent in einer Person. *Motive* war ein Blatt für Hardcore-Musik, es wurden Platten besprochen, Konzerte analysiert und es gab Interviews mit Bands, die ich mochte beziehungsweise regelrecht verehrte. Das Heft war ordentlich, nicht wirklich gut und weit entfernt davon, ohne Fehler zu sein. Es wurde entsprechend kritisch benotet, nicht schlecht, aber auch nicht sehr gut. Die Lehrer fanden eines in diesem Magazin nicht. Das konnten sie auch nicht: den »Geist«; der Zugang zu dieser Subkultur war ihnen völlig verschlossen.

Um einen ersten guten Job als Designer und Layouter zu bekommen war *Motive* offenbar gut genug. Ich begann nur kurz nach Ende der Schule im Marketingteam eines schweineerfolgreichen IT-Unternehmens, das sich an der Börse, im Zuge des Neuen Marktes, reichgestoßen hatte. Viel zu tun hatte ich nicht, meine Chefin, eine Karrierefrau, die auf einer steilen Leiter ganz dynamisch und selbstbewusst auf dem Weg nach oben war und ständig eines dieser ersten Blackberrys in der Hand hielt, stellte mich ein, ohne Fragen zu stellen, gab mir etwas später, nur einen Tag vor ihrer Kündigung, kommentarlos eine Gehaltserhöhung von über 40 Prozent.
Ich gestaltete lieblose Werbeflyer, auf denen in unterschiedlichsten Perspektiven die immer gleichen Großcomputergehäuse und Monitore zu sehen waren. Ich musste gelegentlich die Farben und Preise ändern und fand meinen Platz auf der Dachterrasse der Firma, um mit einer hübschen Französin, der es genau gleich erging, Zigaretten zu rauchen und Kaffee zu trinken. Der Chef der Firma lief mir einmal pro Tag über den Weg, nickte mir zu, ohne jemals ein Wort mit mir zu reden. Nach über einem Jahr kannte ich im riesigen Gebäudekomplex lediglich den Weg vom Parkplatz hinauf in das Marketingbüro, die Dachterrasse, den Kaffeeraum und die Toilette.

## 2008. KORSIKA: OH, DU INSEL MEINER ERLEUCHTUNG

Ich schlenderte durch Nizza. Eine Hafenstadt. Im Oktober. Keine Spur mehr von Sommerferien. Sich die Zeit dort zu vertreiben, wenn man nervös, unsicher und fiebrig ist, macht keinen Spaß. Dazu kam noch, dass ich nicht wusste, was man erwarten sollte. Das Ganze nannte sich Corsica Coast Race. Ein Etappenlauf. Das kannte ich zumindest vom Radrennsport und ich wusste, dass ein Etappenlauf eine ganz andere Hausnummer ist als irgendein Lauf – ein Marathon oder Volkslauf. Ein Berglauf oder Halbmarathon. Es ging darum, eine ganze Woche jeden Tag zu laufen. Laufen. Erholen. Essen. Schlafen. Laufen.

Eigentlich ist das insofern verrückt, weil man die Geschichten ja nur zu gut kennt: Wer einen Straßenmarathon läuft, der kommt im Ziel an. Ist fix und alle. Sinkt auf den Boden. Streckt die Arme und Beine liegend in die Höhe, klappt auseinander und bleibt liegen. Danach macht der Marathonläufer erst einmal drei Wochen Pause.

Ich lief in den Hafen und bestieg ein Schiff. Ein richtiges Ding mit Kabinen, dem Charme längst vergangener Zeiten, einem Restaurant und ganz vielen französischen Rentnern, die sich dieses Schiff ausgesucht hatten, um damit rund um Korsika zu schippern, hin und wieder auszusteigen, wieder einzusteigen, zu tanzen und Rotwein zu trinken. Inmitten dieser Überzahl an Ruheständlern, die sich zu meiner Überraschung gar nicht so sehr von deutschen Ruheständlern unterschieden, bewegten sich nun ungefähr 100 Trailrunner. Franzosen, Belgier, Holländer und ein Deutscher. Ich eben.

Ich war bei meinem ersten ernst zu nehmenden Trail-Wettkampf inmitten der Leute gelandet, die längst wussten, was Trailrunning ist, ich war in bester Gesellschaft und bekam den vor Staunen offenen Mund einfach nicht mehr zu.

Ja, ich hätte mir einfachere Umstände aussuchen sollen. Denn dieses Corsica Coast Race, das von einem kleinen, fast schüchternen, unbeteiligt wirkenden Korsen mit dicker Brille veranstaltet wurde – dessen Motivation nebenbei bemerkt völlig undurchsichtig war –, glänzte damals mit einem völlig eigenartigen Konzept: Das Schiff lenkte uns täglich an einen Punkt der Insel, wir gingen von Bord, rannten die Küste entlang und warteten im Ziel, bis es uns wieder aufsammelte. Ich weiß bis heute nicht, ob sich der Veranstalter etwas dabei dachte. Seine Strecken führten uns zwar oft auf mehr oder weniger Wanderwegen am Meer entlang, aber noch öfter durch ausgetrocknete Flussbetten oder geradewegs durch die Macchia.

Ich rannte von Etappe zu Etappe in einen Traum, in einen Zustand hinein, den ich zumindest damals nicht hätte beschreiben können. Ich durchlief in dieser Woche auf Korsika eine Art Metamorphose. Ich entwickelte mich zu einem Trailrunner! Man mag nun denken, dass ich mir einfach einen Begriff gesucht hätte, um mir ein neues Outfit zu geben, aber nein, ich verspürte ein tiefes Glück, eine bis dahin nicht gekannte Zufriedenheit, und ich hatte das Gefühl, mit mir, der Natur, meiner Bewegung und allem um mich herum auf einem Nenner zu sein. Dazu kam, dass ich natürlich so schnell lief wie ich nur konnte, um möglichst weit vorne zu landen, aber im Grunde ging es bei dieser Angelegenheit nur um eine einzige Sache – dabei sein!

Ich lernte Menschen kennen, mit denen ich aufgrund sprachlicher Barrieren kaum ein Wort wechseln konnte, die mir aber schon nach zwei Tagen vertraut waren, die mich beeindruckten und das Wort Trailrunning zu etwas machten, was ich unbedingt mit Leben füllen wollte.

Ganz vorne an der Spitze lief ein Franzose. Ein Mann, Mitte 40. Sie nannten ihn Vatinel. Anders als der Rest trug er auf den Etappen, die bis zu 50 Kilometer lang waren, keinen Laufrucksack, sondern er hatte lediglich eine Trinkflasche in der Hand. Er war so viel schneller als der Rest, dass er bei Hunger einfach am nächsten Restaurant oder Café stoppte und sich etwas kaufte. Im Ziel wartete er auf alle anderen mit bester Laune. Er war, so hieß es, ein Ironman-Triathlet, der auf dem Trail seine Karriere auslaufen ließ. Der Typ war für mich der Übermensch. Ich kam meist eine gute Stunde nach ihm ins Ziel und er stand da, top frisiert, Tasse Kaffee in der Hand und in einer super Stimmung. Ich schwor mir, dass ich einmal irgendetwas nach diesem Vatinel benennen müsste. Wäre mein Hund ein Rüde, würde Mavi heute auf den Namen Vatinel hören.

Ich lernte eine Frau aus Paris kennen. Eine Dame um die 70, die, so erzählte man, schon über 1.000 Marathons gelaufen wäre. Eine kleine Person, die ihre grauen Haare färbte, sehr dünn war und rasch Blicke auf sich zog.

Eine ganze Etappe lief ich mit dem Kanadier Mark Tamminga, der mich an den Songwriter Eric Clapton erinnerte. Nur eben in topfit. Dieser Tamminga war ein Wüstenläufer, einer, der ständig um die ganze Welt rannte und sich mit seiner Frau darauf geeinigt hatte, dass er das tun müsse, um zu leben. Er war von Beruf Richter und er hatte für sich selbst längst sein Urteil gesprochen – seine gerechte Strafe war laufen!

Am vierten Tag klatschte der Veranstalter in die Hände und schickte uns bei einem Regenschauer, der so viel Wasser auf uns goss, dass wir die Landschaft nur noch in Schemen erkennen konnten, auf eine Strecke, die uns über 38 Kilometer hoch hinauf in die Berge führte. Zunächst aber mussten wir direkt nach dem Start gut 400 Höhenmeter hinab zu einer Bucht am Strand laufen, und ich hängte mich an die Fersen des führenden Alain Pageaux.

Pageaux war ein Athlet. Ein Läufer. Groß, sehr schlank und mit einer Beinmuskulatur ausgestattet, die perfekt in das Fahrerfeld der Tour de France gepasst hätte. Es ging gnadenlos steil und felsig in den Downhill und Pageaux flog praktisch davon. Er setzte seine Füße in einer irrsinnigen Abfolge perfekt in die Landschaft. Es schien, als ob er ein Gen hätte, das Stürze verhinderte, denn er hätte eigentlich alle 20 Meter hinfallen müssen. Je mehr er sich von mir entfernte, desto mehr andere Franzosen flogen links und rechts an mir vorbei. Es schien ihnen Spaß zu machen! Sie hatten große Freude daran, diesen Abhang hinunterzurennen und dabei das Risiko einzugehen, sich alle Knochen zu brechen. Aber sie blieben heil. Die Typen waren für mich Artisten und ich schaute ihnen zu, wie sie ihrem Laufsport eine neue Dimension gaben.

Am Abend saß ich beim Dinner auf dem Schiff, das im Sturm so sehr schaukelte, dass ich seekrank wurde und all das wieder verlor, was mir für den folgenden Tag hätte Energie geben sollen. Ich beobachtete die anderen Teilnehmer und stellte fest, dass ich von Menschen umgeben war, die offensichtlich so sehr wussten, was sie hier taten, es so sehr genossen. Bei all der Anstrengung, die eine ganze Woche auf Trails mit sich bringt, wirkte jeder einzelne ständig gut gelaunt und glücklich.

Ich erkannte für mich den Übergang vom Laufsport zum Trailrunning. Hier auf Korsika konnte man nicht von laufen reden. Es war Trailrunning. Es war dieses eine Wort, das uns verband und mit jeder Etappe näher zueinanderbrachte. Es war diese unbedingte Fortbewegung im kalten Wind, der uns von Norden entgegenblies, im Regen, der über das Meer an Land kam, in den Bergen, die sich vom Wasser steil in Felsformationen in den Himmel bohrten.

Die letzte Etappe trug schließlich so sehr den Geist meines neuen Sports, dass ich tatsächlich zu einem Etappensieger wurde. Wäre da nicht dieser eine, dieser übermotivierte Kerl gewesen, der die ganze Woche schon alle anderen genervt hatte.

Ohne überhaupt große Absprachen zu treffen liefen die besten zehn, zwölf der Woche diese 22 Kilometer gemeinsam. Wir fanden fast von allein ein Tempo, das zu uns allen passte. Der eine rannte uns 5.000

Meter vor dem Ziel davon, um sich dort zwar als Sieger in die Rangliste eintragen zu lassen, aber er war von der weit wichtigeren Sache dadurch ausgeschlossen – unter dem Torbogen stand ich mit all den anderen Finishern und wir lagen uns in den Armen. Jede der 15 oder 20 Umarmungen war echt. Ich war dabei! Mit jeder Umarmung sagten wir uns nicht, dass wir schnell, toll oder die Besten seien. Nein. Wir sagten uns, dass wir eine großartige Sache erlebt hatten, dass wir uns gegenseitig schätzten und sehr respektierten. Es war eine unaufgeregte, entspannte und sehr gelöste Stimmung an diesem späten Oktobertag. Wir zogen alle unsere Trikots aus, schmissen die Trail-Schuhe in den Sand und sprinteten Hand in Hand in einer endlos langen Kette ins Wasser des Mittelmeers. Am Abend zelebrierten wir unser Finish auf dem Schiff inmitten der Ruheständler. Ich durfte auf die Bühne und wurde für einen besonders guten Platz geehrt. Und irgendwann stand fast jeder Teilnehmer an diesem langen Abend auf dieser Bühne und wurde für etwas geehrt. Die Franzosen wissen einfach nur zu gut, wie man das macht.

Als mich das Flugzeug zurückbrachte, war ich platt. Ich fühlte mich verändert, und hätte mich jemand angesprochen und gefragt, ob ich denn ein »Läufer« sei, hätte ich ganz bestimmt meinen Kopf gedreht und geantwortet: »Wer? Ich? Nein. Verzeihen Sie, ich bin ein Trailrunner!«

## 2012. DIE ZEITSCHRIFT

Mein Leben änderte sich mit einer Anzeige in den *Stuttgarter Nachrichten*. Gedruckt auf Papier.
Stellenanzeigen in solch einer Tageszeitung überblätterte ich, meist wurden dort Menschen für Jobs gesucht, die lange dafür studiert hatten, oder es wurden Chefs gesucht. Chefs. Dabei dachte ich an Herrn Fink Junior, den Berufschullehrer Böhringer, meine Chefin im Hosenanzug mit dem Blackberry.
Diese halbseitige Anzeige brachte mich dazu, den Text genauer zu lesen. Es wurden Volontäre gesucht. Junge Leute, die Zeitschriften lieben. Leute, die Zeitschriften layouten möchten und dabei in einem zweijährigen, innerbetrieblichen Kurs in verschiedenen Redaktionen arbeiten wollen und den Fachjournalismus der Motor-Presse kennenlernen möchten. Ich wollte das. Aber ich hing fest, denn die Voraussetzungen waren nicht die meinen. Ich hatte kein Abi, dadurch noch viel weniger ein abgeschlossenes Studium und bei Weitem keine echte Erfahrung im redaktionellen Alltag. Ich konnte Textblöcke am Bildschirm verschieben und wusste tatsächlich, wie rein

praktisch so eine Zeitung entsteht. Ich hatte ein Punkrock-Fanzine gemacht, aber hier ging es um echte Magazine, um Blätter, auf Hochglanz gedruckt, die zu Tausenden verkauft wurden. Zeitschriften aller Gattungen, die so ziemlich jedes Thema abdeckten: Auto, Motor, Sport, Musik, Video, Mode, Fitness und Dinge, die ich nicht kannte und von denen ich noch viel weniger erwartet hatte, dass irgendjemand eine Zeitschrift dafür bräuchte.

Ich schickte eine Bewerbung los, steckte eine Ausgabe meines Fanzines in den Umschlag. Und ließ alle meine Zeugnisse einfach weg.
Nach einigen Wochen kam ein Brief. Ein weißer Umschlag, der so dezent aussah, dass er etwas Behördliches, etwas sehr Offizielles hatte. In ihm wurde mir sehr höflich und schnörkellos offeriert, dass meine Bewerbung Interesse geweckt hätte und ich mich doch für eine Terminvereinbarung melden sollte. Es ging um ein Bewerbungsgespräch. Ein Treffen, mit dem ich natürlich nicht gerechnet hatte. Ich versuchte mich so seriös wie nur möglich zu kleiden, kaufte mein erstes Hemd nach der Konfirmation, atmete tief durch und fuhr die 50 Kilometer in die Landeshauptstadt, um kurz vor diesem imposanten Verlagsgebäude zu parken, das mir schon als Kind aufgefallen war. Drei ältere Herren und eine Dame mittleren Alters

empfingen mich an einem großen Besprechungstisch. Ich fühlte mich jung, unerfahren und in eine Situation hineinkatapultiert, derer ich absolut nicht Herr war. Zu meiner eigenen Überraschung aber war ich nicht im Ansatz nervös. Im Gegenteil – bei aller Unsicherheit, was nun geschehen würde, war ich ruhig und mit dem sicheren Wissen ausgestattet, dass das hier eh nichts würde.

Der hagere Mann mit dem Oberlippenbart und der Breitcordhose hatte eine beruhigende, wenn auch zerbrechliche Stimme. Er war der Creative Director des ganzen Unternehmens und er sah so aus, wie ich mir so jemanden immer vorgestellt hatte. Er erzählte mir zunächst, dass er es mutig und toll fände, dass ich mich auf dieses Volontariat beworben habe. Ich wäre in der Form überhaupt nicht dafür qualifiziert, ob ich das denn wüsste?

Der Chef des Ganzen, ein kräftiger Kerl um die 50 mit grauem Vollbart, der ganz gewiss irgendetwas mit den Motorradmagazinen zu tun haben musste, nickte mir auffällig oft wohlwollend zu und meinte irgendwann, dass man sich hier lange und mit unterschiedlichen Meinungen zu mir beschäftigt hätte und man ja doch zum ersten Mal in einer langen Geschichte des Verlags eine Ausnahme machen könnte. Er legte mein Fanzine auf den Tisch, als wäre es etwas ganz

Besonderes, tippte mit dem Zeigefinger zweimal darauf und erklärte es zu einer sehr, sehr guten Sache. In mir stieg eine Hitze auf. Sie kroch durch den Magen, über die gesamte Brust hinauf in den Kopf. Es war pure Freude. Mir war offenbar etwas gelungen, ich hatte etwas produziert, was am Ende vielleicht wichtiger sein könnte als jedes Zeugnis, jede Note und jeder Schulabschluss.

Für die kommenden beiden Jahre lebte ich also zum ersten Mal in meinem Leben meine Interessen auch beruflich aus. Ich durchwanderte alle zwei Monate eine andere Zeitschriftenredaktion, durfte nicht nur zuschauen, sondern mitarbeiten, und fand meine Layouts von nun an am Kiosk. Das war ein schönes Gefühl. Zusammen mit 20 anderen Volontären saß ich zweimal pro Woche auf der Schulbank, und anders als in der Vergangenheit war ich nun interessiert, aufmerksam und mit Spaß bei der Sache. In meinem Orbit drehte sich nun alles um Zeitschriften. Ich lebte in meiner eigenen Welt aus Schriften, Typografie, Fotografie und Illustration. Ich trieb mich am Hauptbahnhof am Kiosk der internationalen Magazine herum, blätterte stundenlang darin und sammelte diese zu Hause in meterhohen Stapeln. Mich interessierten dabei der Stil, die Auswahl der Fonts, die Farbwelten und die Aufteilung der Formen. Ich war begeistert von den unterschiedlichen Papiersorten, den feinen Differenzen der Serifentexte und dem, wie sehr doch die Optik einer Zeitschrift die ganze Wertigkeit beeinflussen kann.

Am Ende des Volontariats wurde mein Interesse reich belohnt. Ich gewann den internen Volontärspreis für eine Reportage über eine U-Bahn-Fahrt in Stuttgart und bekam 2.000 Deutsche Mark in die Hand gedrückt, die ich direkt in einen Urlaub in Fernost investierte. Zu meiner größten Freude musste ich mich noch nicht einmal auf eine Festanstellung bewerben – zwei Redaktionen buhlten geradezu um mich, und so wurde ich Grafikdesigner bei der Zeitschrift *Connect*, einem Blatt für Telekommunikation und einer damals sehr wichtigen Plattform für den gerade beginnenden Smartphone-Boom. Ich arbeitete in einem neuen Glasbau, es gab Empfangsdamen und einen geheimen Türcode, um in die Redaktion zu gelangen, ich verdiente Geld und ging fast jeden Mittag in ein Restaurant zum Essen. Ich hatte nette Kollegen und darüber hinaus einen Chef, der mich mochte und förderte.

Neben der Arbeit surfte ich dezent durch die Stuttgarter Konzertlandschaft, mietete mit Freunden ein abgefucktes Lokal im Rotlichtviertel an und veranstaltete wöchentlich Shows mit Bands, die ich so liebte, mit denen ich feierte, trank, rauchte.

Mein Grafikchef Stefan wurde zum Vertrauten, einer, der mich verstand und meine Layouts gut fand. Er sprach sich in Konferenzen oft und bestimmend für meine Arbeiten aus. Es war demnach auch nicht überraschend, dass ausgerechnet er mir einen Fetzen Papier auf den Tisch legte, der meine Zukunft bestimmen würde.

Auf diesem Ausriss aus einem Branchenblatt der Medienschaffenden suchte ein Magazin einen »Chefgrafiker«. Das Magazin nannte sich *BIKE* und Stefan gab mir in einem ernsten Ton mit auf den Weg, dass dies mein Job wäre. Ich sollte das machen. Er ließ mit seinen Worten nicht den geringsten Zweifel übrig, dass ich diese Stelle bekommen würde.

Ich bewarb mich, steckte diesmal kein Fanzine in den Umschlag, sondern eine feine Auswahl an Magazinen, an denen ich in den letzten drei Jahren zumindest gestalterisch beteiligt gewesen war. Der Anruf kam prompt, ich nuschelte, schlich mich hinaus auf den Flur und bat um einen Rückruf. Eine Woche später schlug ich in München-Sendling auf, erklärte dem Chefredakteur, was ich so über das Thema wusste und vor allem, dass ich sogar einmal Radrennfahrer gewesen sei. Wobei ihn dies nicht im Ansatz interessierte, denn es ging hier nicht um Sport, sondern einzig darum, dass ein Grafiker gesucht wurde.

In dieser Redaktion lebte das Mountainbike, wurde das Fahrrad als Mittelpunkt von allem wie ein heiliger Gral verehrt. Die Redakteure schlurften den ganzen Tag in Funktionsklamotten durch das Gebäude, es roch nach Kaffee, Gummi, Schweiß und Kettenöl. Nach dem guten und sehr lockeren Gespräch fuhr ich mit gemischten Gefühlen nach Hause. Ich hatte eine passable Vorstellung abgegeben und mich schwer in diese Umstände verliebt. Ich begann zu träumen, von diesem neuen Job, von München, von einer ganz neuen Freiheit und unendlicher Kreativität.

Der Anruf kam. Er war sachlich und der Chef sagte mir ab. Ich war seine Nummer zwei und seine Nummer eins hatte ihm zugesagt. Irgendein toller Kerl vom *Focus* oder dem *SZ*-Verlag. Er gab mir mit auf den Weg, dass meine Zeit ganz gewiss käme und er sich sicher wäre, dass ich meine Zeitschrift noch bekäme. Ich wäre jung, alles würde sich ergeben. Schöne Worte. Also layoutete ich weiter im Glasbau, thematisch weit entfernt von einer Sache, die mich beeindruckte. Handys, Organizer, Faxgeräte. Ich konnte die überproduzierten Fotos von Frauen, die sich zwischen Flamingos, Cocktails am Beckenrand eines Pools mit dem Smartphone in Position brachten, irgendwie nicht mehr sehen.

Zwei Wochen nach der Absage klingelte mein Telefon und der Chefredakteur von *BIKE* war dran. Unverhofft und mit derselben sachlichen Stimme wie beim letzten Telefonat. Der Inhalt war jedoch ein anderer. Er würde es nun einfach auf den Punkt bringen. Es wäre so nun wohl am besten – seine Nummer eins hätte einen Rückzieher gemacht, ich würde nachrücken und er wolle nun wissen, ob ich den Job unter diesen Umständen noch machen will.

Ich überlegte ... nicht. Ich sagte ihm direkt zu. Ich kündigte den »Handy«-Vertrag bei *Connect* bereits einen Tag später, ohne überhaupt irgendetwas aus München schriftlich vorliegen zu haben.

Ich sollte fast zehn Jahre Grafikchef und später Artdirector bei *BIKE* bleiben, ich lernte dort Kollegen kennen, die gute Freunde wurden, und ich sah mich in einem Arbeitsverhältnis, das für heutige Verhältnisse fast kitschig romantisch, verlässlich und familiär war. Ich arbeitete unheimlich gerne, oft lange und konnte viele Ideen einbringen. Ein wichtiger Teil meines Lebens wurde vermutlich auch in dieser Redaktion geschrieben. Ich wurde während dieser Zeit zweimal Vater, heiratete, bezog ein Haus, das ich hätte renovieren sollen, es aber nicht konnte, und pflanzte einen Baum.

Ich wurde aber auch bequemer, älter, nörgelnder, festgefahrener. Gut, dass mich das Laufen fand. Mich aus dem Bürosessel, vom iMac wegzog, mich mitnahm.

Mit meinem neuen Sport, der Lauferei, wurde auch mein Gehirn und mein ganzes Wesen wieder agiler. Ich war nicht nur körperlich fitter, sondern bekam einen neuen Drive, neue Ideen und schöne Gedanken. Dinge, die mir während des Laufens einfielen, schrieb ich auf, und meine Zweifel und Erfahrungen der ersten Trail-Wettkämpfe veröffentlichte ich in einem Blog und kurze Zeit später in einem E-Magazin. Ich berichtete von meinen Laufabenteuern, ich testete Produkte, die man als Trailrunner benötigt, und ließ mir für den Rest den ein oder anderen Blödsinn einfallen, der aber durchaus gut ankam. Fürs Ankommen gab es nämlich tatsächlich eine Klientel.
Ich war enorm überrascht und hatte ganz offenbar etwas entdeckt oder losgetreten, was es so noch nicht gab. Es gab zwar eine gute Handvoll Laufsport-Zeitschriften im deutschsprachigen Raum, aber ein Blatt speziell für all diejenigen, die ausschließlich im Wald, am Berg, auf Trails laufen, gab es nicht, und da es von eben jenen Läufern immer mehr gab, war ich an der richtigen Stelle. Ich hatte das Gefühl etwas zu tun, was richtig war, was sich lohnt anzutreiben und viel

zu investieren. Das Beste daran war die Einfachheit: Alles ging mir leicht von der Hand. Das Laufen sowieso, das Schreiben darüber auch und das Layouten ohnehin. Dieses Projekt TRAIL war mein Ding. Herrgott – es war einfach alles, was ich wollte. Hier verknüpften sich Sachen, die mich wachküssten, aufweckten, an die Hand nahmen und mit mir einfach so davonflogen.

Mehr als 10.000 Leute lasen diese ersten Onlineausgaben im Schnitt und ich war mir nicht sicher, ob das nun gut ist, ausgezeichnet oder mittelmäßig. Es waren Zahlen in einer Statistik, der man traut, wenn sie gut sind und ihr nicht glaubt, wenn sie schlecht sind. Gut war das Feedback der Leser, die vielen Zuschriften und das Gefühl, dass es ein echtes Interesse an dem gibt, was ich da schreibe und worüber ich berichte.

Das ging am größten Hersteller für Trailrunning-Schuhe nicht einfach so vorbei, und ich, der Grafiker von *BIKE*, saß nun als ein »Chefredakteur« im lichtdurchfluteten Büro von Salomon in einem Industriegebiet bei München und hörte mir entspannt an, was die mir zu sagen hatten. Ihnen wäre TRAIL natürlich aufgefallen, es wäre eine tolle Plattform für den jungen Sport und sie würden gerne dabei helfen, dass es weitergeht mit TRAIL, mit mir und diesem Trailrunning. Dass es dabei auch darum ging, dass eben viele, möglichst viele dieser Trail-Schuhe verkauft werden, war mir bewusst. Ich hatte meinen ersten echten Anzeigenkunden, und die beiden Salomon-Athleten Julia Böttger und Stephan Repke wurden die ersten freien Mitarbeiter. TRAIL bekam echte Konturen, und es kam der Tag, an dem mein Arbeitgeber mit einem Angebot auf mich zukam, obwohl er mich eigentlich hätte rausschmeißen müssen. Dabei ging es um einen Versuch, eine sogenannte Nullnummer. Der Delius Klasing Verlag, einer der führenden Verlage für Fachzeitschriften, wollte mit mir aus TRAIL eine echte, auf Papier gedruckte Zeitschrift machen, ein Magazin, das es am Kiosk geben sollte, das Leute in Hunderten Läden kaufen können. Ich sollte dafür für eine ganze Produktionsperiode von meiner Tätigkeit bei *BIKE* freigestellt werden und ich sagte ja und ja und ja. Denis der Chefredakteur. Allzu ernst nahm das keiner. Die Verlagsleitung ohnehin nicht. Sie ließen mich werkeln.

Ich hingegen nahm die Sache sehr wichtig. Ich würde diese Nullnummer zu meiner Nummer eins machen und wollte unter keinen Umständen *TRAIL* Nummer null an dem Arbeitsplatz produzieren, an dem ich sonst *BIKE* layoute. Niemals. Ich ging aufs Ganze und mietete eigenständig einen kleinen Büroraum mit unbegrenzter Mietdauer.

Im Herbst 2012 war die erste *TRAIL-Magazin*-Ausgabe auf Papier gedruckt. Der Umschlag auf Hochglanz und rein optisch absolut auf einer Höhe mit all den anderen Gazetten des Bielefelder Traditionshauses. Es folgte der Tag der Veröffentlichung, der Tag, an dem in meiner Vorstellung ein Vierachser alle Kioske und Buchhandlungen abfuhr und *TRAIL* ablud. Es vergingen Wochen und es gab keine Reaktion von den Damen und Herren des Verlags. Als das Heft wieder aus den Regalen kam, wurde mir ein Brief zu gestellt, der die Gesamtverkaufszahl von 9.600 Heften bestätigte. Ich war beeindruckt, zufrieden und verstört. Ich rechnete mit einem Ansteckorden, einem Pokal, einem mehrgängigen Menü mit Konrad Delius, dem Geschäftsführer selbst. Aber das Telefon blieb stumm.

Ich war mir sicher, dass da auch nichts allzu Positives mehr kommen sollte und es klang aus unterschiedlichen Richtungen, dass man sich in der Verlagsleitung einig wäre, mit so einer Laufzeitschrift könne kein Geld verdient werden, gäbe es keine Industrie und keine Anzeigenkunden. Ein Läufer bräuchte ja nur diese Joggingschuhe und die würde man nur einmal in Jahr kaufen. Wer sollte also schon in so einer Zeitschrift werben und mit was?

In einem einzigen Telefonat wurde mir also irgendwann mitgeteilt, dass ich ein schönes Heft für den

Verlag produziert hätte, ich ein guter Typ wäre, aber man es bei diesem Versuch bleiben lassen würde. Ich sollte wieder brav an den Layout-Apple und für die Mountainbiker das Fachblatt gestalten. Mountainbiker ... ich bin Trailrunner. Die hatten das nicht verstanden.

Ich musste tun, was ich tun musste, und die pure Unvernunft sollte dabei siegen. Am nächsten Tag legte ich die schriftliche Kündigung auf den Tisch. Ich kündigte einen tollen, sehr sicheren Job und verließ sehr selbstsicher, aber tieftraurig meine Redaktion. Ich musste verrückt geworden sein und bewegte mich mit einem Hauskredit, zwei Kindern und ohne Erbe in meine erste Selbstständigkeit. Ich war mir meiner Sache sicher, dass *TRAIL* weiterhin am Kiosk erscheinen sollte und gründete meinen eigenen Verlag. Ein Miniverlag. Ein Ein-Raum-Büro. Eine Idee. Ein Leben.

## 1996. EINE ZUGFAHRT

1996 war Ostdeutschland nicht mehr die DDR, aber noch lange nicht so gesamtdeutsch, wie es die Politik gerne gehabt hätte. Dass eine der angesagtesten US-Straight Edge Hardcore Bands im Osten der Republik spielten, war also Grund genug, in dieses unbekannte neue Land zu reisen. Mein letzter Besuch, der auch mein erster war, lag fast vier Jahre zurück. Damals fuhr ich bei Leipzig ein Mountainbikerennen und bekam von Land und Leute nicht wirklich etwas mit. Ich fuhr in einem Vereinsbus hin, lud das Bike aus, pumpte die Reifen auf, stellte den Sattel gerade, fuhr das Rennen. Danach regte ich mich noch kurz darüber auf, dass eine Mannschaftskollegin einen Cappuccino mit Milchschaum bestellte und eine Tasse Kaffee mit Schlagsahne serviert bekam. Ich regte mich übrigens ausschließlich über ihre dämliche Bestellung auf.

Diesmal brachte mich das Schöne-Wochenend-Ticket nach Schleiz in das tiefste Südost-Thüringen. Man konnte in den 1990er-Jahren tatsächlich mit einem Zugticket für 15 Mark ein Wochenende lang unbegrenzt durch Deutschland fahren. Allerdings nur in Regionalzügen, was einige Verbindungen zu ausufernd langen Reisen machte. Ich hatte Zeit. Ich war mit dem schrägsten Kerl unterwegs, den ich damals kannte. Sven war Polizist, arbeitete sogar als verdeckter Ermittler und war von heftiger Kritik und bösen Blicken umgeben, die unsere Szene gegenüber der Staatsgewalt an den Tag legte. An ihm prallte das ab. Mich beeindruckte das schwer. Er war gefangen in seinem Beruf, der ihm seine eher linksgerichtete Leidenschaft Musik nicht einfacher machte.

Er tat alles, was er tun konnte, um trotzdem in unserer Crew beliebter zu sein, nahm nachmittags bei Personenkontrollen am Hauptbahnhof den Dealern die Drogen ab, um sie abends den amerikanischen und belgischen Bands im Backstageraum als großzügige Begrüßungsgeschenke zu übergeben. Das machte ihn cool. Sehr cool sogar. Er fuhr einen alten Opel Senator mit Dreilitermotor und 180 PS mit braunen, runtergesessenen Veloursitzen und einem Automatikgetriebe. Auf seinem Beifahrersitz saß in aller Regel der größte Dobermannrüde, den die Welt je gesehen hatte. Er trug ein Stachelhalsband, hörte auf den Namen Hector und öffnete uns, wenn er dabei war, alle Türen.
Wir saßen ohne Hector an diesem Samstagvormittag in verschiedenen Zügen, die in andächtigem Tempo Richtung Nordost fuhren. Wir schauten mit bleichen Gesichtern hinaus in die hohen Maisfelder des Augusts, die an uns vorbeizogen. Jeder von uns hatte einen Kopfhörer auf und hörte auf dem Discman die Musik, die uns an dem Abend in Schleiz auf dem zweitägigen Festival erwarten sollte. Wir wollten vorbereitet sein auf all die Bands, wollten mitgrölen können und als echte Fans erkannt werden. Wir trugen schwarze T-Shirts mit dem Aufdruck cooler Bands, die natürlich nicht dort spielen würden. Ein Bandshirt einer Band zu tragen, auf deren Konzert

man geht, wäre völlig undenkbar gewesen. An jedem kleinen Bahnhof stoppte der Zug.

Als wir am späten Nachmittag in Schleiz aus dem Zug stiegen, war der Ort wie ausgestorben. Erst als wir später im Kulturzentrum ankamen, entwickelte sich eine Art Leben, wie wir uns das vorstellten. Es war keine ausgelassene Party, keine Kifferfete, kein Hippietreffen. Es war im Grunde eine Versammlung von jungen Leuten, die sich allesamt einem Lifestyle und einer musikalischen Bewegung verpflichtet hatten, die es nicht erlaubte, uncool, kasperig oder besonders ausgelassen zu sein. Also zogen alle böse Gesichter, bewegten sich ganz speziell lässig, und Sven und ich schlossen uns an, um dazuzugehören. Es gab keinen Alkohol, es gab kein Fleisch. Die ersten Bands spielten und es wurde Nacht. Als Highlight traten Morning Again aus Florida auf, die sich als Vorreiter und Ikonen eines Subgenres des Metal fühlen durften und den sogenannten Metalcore in einer unfassbaren Wucht spielten. Dazu sahen die Jungs natürlich gut aus, waren schon damals bis an den Rand der Ohren tätowiert und gepierct.

Nach der fulminanten Show erhofften wir uns einen Schlafplatz bei irgendwelchen anderen Leuten, die im Ort lebten, aber die Coolness erlaubte uns nicht zu fragen, und so schnappten wir uns unsere Rucksäcke, die Schlafsäcke und irrten in dieser 25-°C-Nacht durch den Ort. Wir brachen unser Straight-Edge-Gelübde und tranken mehrere Biere in einer Kneipe, um endlich in Feierlaune zu kommen. Im Vollrausch, mit lockeren Zungen erkannten wir, dass wir zwar die Musik an dem Abend ziemlich klasse gefunden, uns aber mit den Leuten schwergetan hatten.

Weit nach Mitternacht schwankten wir aus der Trinkstube und beschlossen, uns im Schlosspark unter einen Kastanienbaum zu legen, aber stattdessen rannten wir nun um unser Leben. Ein Auto, mit mindestens genauso viel Hubraum wie der Senator von Sven, aber in einem eher schlechten optischen Zustand, rollte von hinten langsam und verdächtig an uns heran. Fünf Herren mit Glatze, zwei davon mit Baseballschlägern in den Händen, die samt Armen aus den offenen Seitenfenstern baumelten, sprachen uns höflich – viel zu höflich – an. Woher wir denn kämen? Was wir hier täten? Ob es uns gut ginge?

Es gehe uns gut. Wir kämen aus Stuttgart. Wir wären Touristen. Sven behauptete tatsächlich, wir wären Touristen. Ich hoffte in diesem Moment sehr darauf, dass sich die seltsame Situation einfach in nichts auflösen würde.

Und dann rannten wir. Und das Auto mit den Neonazis hinterher. Sie brüllten in etwa so etwas wie »linke Schweine« oder »schwule Punks«. Der Wagen stoppte und die zwei mit den Sportgeräten in den Händen stiegen aus und verfolgten uns zu Fuß. Als wir dann so klassisch flüchteten war meine letzte Hoffnung, der Joker, dass Sven seine große Karte spielen würde und so etwas wie »Stopp, hier spricht die Polizei! Ihr Arschkrampen habt euch die Falschen ausgesucht« rufen würde. Aber da kam nix. Er hatte genau das nämlich schon einmal in einem Club in Stuttgart getan – wir hatten dort Stress mit einer anderen Clique und er zog für uns alle die Handbremse und hielt seinen Dienstausweis hoch in die Luft. In der rivalisierenden Clique befand sich jedoch noch ein Polizist, der ihm dann ordentlich Ärger machte.

Über eine Stunde lang hetzten wir durch Schleiz und drumherum und wir rannten vermutlich noch, als die Glatzköpfe schon lange wieder in ihren Kinderzimmern lagen und schliefen. Am nächsten Morgen verzichteten wir auf alle anderen Bands, die noch auftreten sollten, und fuhren mit der Bahn nach Hause. Ich war froh, als wir in Stuttgart am Hauptbahnhof ankamen und fühlte mich schmächtig, doch noch eher ein Junge als ein Mann.

*Etappe 22*

Kurz vor dem Grenzübergang von Kroatien nach Serbien machen wir einen Verpflegungsstopp. Ich esse etwas Käse und Brot, trinke Cola und esse einen Schokoriegel. Mein Vater hat mir einen Campingstuhl zurechtgerückt, in dem ich in einer Position sitze, aus der ich eigentlich nie mehr in eine stehende Position gelangen sollte.

Ein älterer Mann entdeckt unser Lager und tritt heran. Er spricht etwas Deutsch, er ist groß und hager und zieht sein rechtes Bein nach. Mein Vater erklärt ihm, was wir treiben und noch vorhaben. Der Mann erzählt uns ungefragt und sofort vom Krieg in dieser Region und davon, was ihm geblieben ist nach über 20 Jahren, dass sie seine Frau holen mussten, weil sie nicht mehr konnte und dass sie viele Jahre in einer Klinik gewesen sei. In einer Klinik für Menschen, die Verletzungen im Kopf drin haben.

So erklärt er uns das. Wir brechen nach einigen Minuten wieder auf und sind angespannt. Ich laufe drei Kilometer in hohem Tempo auf die Grenze zu.

Ich bin in Serbien. Ich laufe in eine etwas andere Welt. Ich überquere zu Fuß die Grenze und es ist fast so, als ob die Grenzpolizisten an der slowenisch-kroatischen Grenze den Kollegen an der kroatischserbischen Grenze gesagt hätten, dass da irgendwann die Tage ein Typ in senfgelben Klamotten ankommt, der bis Istanbul laufen will. Irgendwie habe ich das Gefühl, die wissen diesmal, was los ist. Ich zeige also brav meinen Reisepass, stopfe ihn wieder in die Hüfttaschen des S-Lab-Rucksacks und renne weiter, vorbei an all den LKW. Ich komme mir sehr cool vor. Diese 300, 400 Meter zwischen den Grenzen sind landschaftlich eine Nullnummer, aber rein moralisch sehr erhebend.

Schon auf den ersten Kilometern in Serbien sind Veränderungen nicht zu übersehen. In den Straßengräben liegen Tausende leere Flaschen als Zeitzeugen des letzten Sommers, und offenbar warten ein paar wenige Flüchtlinge hier noch in Zelten auf bessere Zeiten. Alles wirkt hier ärmer.

Niemand, dem es wirklich gut geht, hätte hier den Sommer 2015 verbracht. Hier will man nicht darauf hoffen müssen, in ein fremdes Land einreisen zu dürfen. Wer wirklich glaubt, dass Flüchtlinge wie Könige nach Deutschland kommen, sollte sich hier mal umsehen.

Diese 45 Kilometer bis kurz vor den Ort Sremska Mitrovica sind überraschend kurzweilig, weil ich so viel zu staunen habe. Überall Bilder. Menschen. Geräusche und Farben.

Ich sehe vor allem viele Autos, die man in Deutschland (aus guten Gründen) so nicht mehr fahren sieht. Ein Audi 100 in dieser herrlichen Kombiversion, ein Fiat, dessen Modellname mir nicht einmal einfällt, ein Ford Scorpio und das jugoslawische Kultauto Yugo Tempo mit einem sagenhaften 1,1-Liter-Motor. Das Ding stammt aus der Yugo-Serie von Zastava, die von 1981 bis 2008 produziert wurde. Es ist nicht schön, aber es könnte ganz bestimmt viele Geschichten erzählen.

Mein Vater nutzt die 6,5 Stunden Lauf sinnvoll und wäscht tatsächlich das Auto. Er rechnet exakt um und kommt auf den Betrag von 2,44 Euro für eine exzellente Autowäsche, die sogar in Teilen von Hand erfolgt. Das Filmteam kann es sich am Ende der Etappe nicht verkneifen ihm zu sagen, dass der Wagen sehr sauber wäre, aber jetzt prinzipiell wieder die Chance hätte, dreckig zu werden.

Das mit dem Schlafen könnte besser sein. Ich komme einfach nicht zur Ruhe, schlafe sehr spät erst ein, laufe oft im Traum immer weiter und bekomme den großen Hunger erst dann, wenn man eigentlich nicht mehr essen sollte. Welchen Tag wir haben, gar das genaue Datum? Keine Ahnung.

ROBNA KUĆA

BG 264-ZS

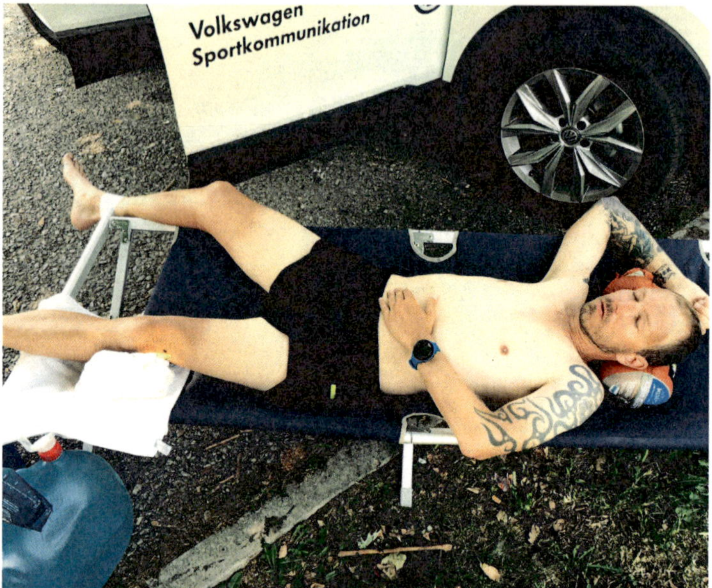
Volkswagen
Sportkommunikation

TRAIL
RUNNING

Wenn ich nachts nicht schlafen kann, greife ich zu meinem Smartphone und klicke mich durch die Kommentare, die die Leute so unter meine geposteten Fotos schreiben. Ich habe echte Fans, die seit Wochen aufmerksam bei der Sache sind und täglich auf meine Updates warten. Das zu wissen macht es mir sehr leicht, direkt nach den Läufen, noch ungeduscht und hungrig das MacBook aufzuklappen und loszutippen. Viele verteufeln ja Social Media, aber es hat auch was Gutes, wenngleich mir eine Welt ohne diese Erfindung lieber wäre. Ich gehöre zu denen, die, wenn sie wählen könnten, eine komplett analoge Option ankreuzen würden. Dazu wird es nie kommen. Ach, wer weiß das schon.

Ich bin ein Kind der analogen Welt. Ich wuchs mit Playmobil und Holzbauklötzen auf. Es war die Zeit der Puzzles, der Dominosteine, der Karten- und Gesellschaftsspiele. Mein erster digitaler Samenerguss war eine schwarzweiße Spielkonsole, die man an das Fernsehgerät anschließen konnte – ich spielte dort eine stark komprimierte Form eines Tennis-Games –: Zwei Striche trafen auf ein kleines Quadrat. Meine Romantik für Analoges rührt also einfach nur daher, dass ich diese Welt kenne, mit ihr groß geworden bin und sie für mich positiv belegt ist.

Ich mag es, Dinge in den Händen zu halten. Sie zu erfühlen. Ich schreibe meiner Freundin per SMS, dass

ich sie liebe und vermisse und doch weiß ich, dass ich ihr dass sagen sollte. Es wäre echter.
Ich erinnere mich an ein Foto des französischen Radprofis Charly Mottet in der Zeitschrift *TOUR*. Er legte sich auf einer weißen Zeitfahrmaschine so sehr in eine Kurve, dass er nur minimal davon entfernt war abzurutschen. Das Foto spiegelte seine unglaubliche Form, seine Anspannung, seine Geschwindigkeit und die Größe des ganzen Moments. Es war auf Papier gedruckt, hatte Kakaoflecken und Eselsohren. Immer wieder zog ich die Ausgabe aus dem Bettkasten und blätterte zu diesem Foto, bis es schließlich ausgerissen wurde und in einem 30-Grad-Winkel an meiner Wand landete. Wie kann ich mit solch analogen Erlebnissen heute auf Fotos abfahren, die irgendwie binär auf einer Festplatte gespeichert sind? Und was würde ich nur ohne Facebook am Abend nach dem Laufen hier tun? Ich wäre amputiert.

## *Etappe 23*

Ich bin nun schon so lange unterwegs, dass mir die ersten Etappen bereits so weit weg erscheinen, dass ich mich kaum daran erinnern kann. Zum Beispiel der Start in München am 12. Juni. Weit entfernt.

Irgendwann werde ich sagen, dass es der Lauf schlechthin von München nach Istanbul war, aber es stimmt nicht. Es sind viele einzelne Läufe gewesen. Es ist die Summe der einzelnen Teile. Man neigt sehr oft dazu, komplexe Dinge zu vereinfachen, obwohl man das nicht tun sollte. Als Trailrunner sind es Augenblicke, kurze Momente, Einblicke in die Landschaft, durch die man rennt, kurze Blickkontakte zu Menschen, an denen man vorbeistreift. Ich versuche in diesen Tagen möglichst direkt all das abzuspeichern, was mir entgegenkommt. Ich will mich in Zukunft unbedingt an diese Einzelheiten erinnern können.

Nach 58 Kilometern liege ich wie ein trockener Schwamm auf einem Bürgersteig im Ort Sremski Karlovici. Ich war sieben Stunden lang wie ein Uhrwerk gelaufen und auf einer Naturstraße im schwarzen Nebel verschwunden. Riesige Lastwägen mit endlos langen Anhängern hatten den dunklen Sand zu einer mächtigen Wand aufgewirbelt, die mich verschlang.

Egal wo mein Vater stoppt, wird er von Einheimischen eingeladen. Ich laufe also auf den letzten 20 Kilometern auf so einem hundsgemeinen, kerzengeraden Weg, der sich bis ins Nichts an einem Maisfeld entlang in den Horizont zieht. Da rollt ein junger Mann mit Badeschlappen auf einem Stahlrahmen-

Mountainbike von hinten an mich heran und spricht mich an. Ich solle ihm jetzt einfach folgen, ich müsse Denis sein. Ich würde rennen und hätte gelbe Kleidung an und alle würden bereits auf mich bereits warten! Alle? So. Ach ja. Ich renne ihm also querfeldein hinterher und wir landen 15 Minuten später in einem riesigen Hof. Schweine, Hunde, Traktoren und mitten in einer Ansammlung von Essen, Trinken und Einheimischen mein Vater in angeregten Diskussionen. Wir werden verpflegt, wir werden versorgt. Das ist also diese Gastfreundschaft und ich frage mich, ob das in Deutschland in einem umgekehrten Fall auch möglich wäre. Ich bin in Serbien. Ich bin nicht überrascht. Der Tisch ist voller Delikatessen, als hätte man mich erwartet.

Ich weiß nicht, wie mein Vater das anstellt, aber ich hatte das nicht erwartet. Er scheint durchaus eine derart entspannte Ausstrahlung zu haben, die ihn immer wieder und schnell in die Innenhöfe der Einheimischen schleust.

Ich laufe durch ein faszinierendes Land. Es ist nicht so reich wie Deutschland, aber reicher in vielen anderen Dingen. Der Sohn des Hofbesitzers begleitet mich auf meinen letzten Kilometern bis an mein Tagesziel. Er ist sich sicher, dass es nur noch sechs Kilometer sind. Es sind am Ende zwölf und ich leide. Er erzählt mir von seiner Kindheit hier auf dem Land, von seinem anderen Leben in einer großen Stadt in Kroatien und seinen Kindern, die bei der Mutter leben. Er wirkt traurig und wie jemand, der etwas riskiert und dabei viel verloren hat und sich nun gerade wieder sammelt und sortiert. Durch seine lebhaften Erzählungen sind es am Ende zwölf sehr schöne Kilometer in einem späten Nachmittagslicht mit einer Sonne, die tief steht, aber erbarmungslos brennt. Es ist ein gutes Gespräch zwischen zwei Vätern, die ihre Kinder vermissen.

## *Etappe 24*

Eine 1,2-Millionen-Stadt wartet auf mich und darin mein Lieblings-Erwachsenenmensch. Über Stunden hinweg führt diese Straße in die Hauptstadt Serbiens. Vor den Toren der Stadt ist Land. Belgrads Stadtgrenze kommt unvermittelt, aber dann richtig. Bis ich das Zentrum erreichen werde, vergehen weitere zwei Stunden. Die höhere Frequenz und Dichte tun mir gut. Das Laufen fällt mir leichter und die anderen Eindrücke, die Eindrücke einer so riesigen Stadt tun mir gut. Ich beobachte, ich entdecke und laufe. Laufen ist so selbstverständlich geworden wie sitzen. Es strengt mich wenig an und ich habe keinerlei Be-

schwerden. Man könnte sogar sagen, dass mir das Sitzen im Büro mehr Probleme bereitet.
Rund 1.000 Kilometer sind in meinen Beinen. Mein Vater hat meine Freundin vom Flughafen abgeholt. Sie warten nun an einer vierspurigen Straße Novi Beograd, einem Stadtbezirk von Belgrad; ein Moloch aus Beton, eine Bausünde und der größtmögliche Kontrast zur Altstadt. Geplantes Wohnen für 400.000 Menschen.

Es könnte romantischer sein. Es müsste romantischer sein. Lange umarmen wir uns. Und das erste, was sie sagt: »Du bist tatsächlich all das gelaufen, was ich heute mit dem Flugzeug geflogen bin! Du Held! Und bist gar nicht mal so dünn, wie ich das befürchtet hatte!«

In Belgrad ist von dem, was Serbien auf dem Land ist, nichts mehr zu spüren. Belgrad ist eine Weltstadt, eine Metropole für Mode, Kultur und berühmt für das Nachtleben. Junge Menschen, die so, wie sie sind, in jeder anderen großen Stadt der Erde leben könnten. Das Filmteam macht die Nacht zum Tag. Während ich mit meiner Freundin die Zweisamkeit genieße, fein essen gehe, den besten Kaffee suche und früh in ein Kingsize-Bett im Zentrum der weißen Stadt falle, drehen Timo, Georg und Tobi am großen Rad.

Die Etappe danach findet ohne Kamera statt. Ich habe meine Ruhe und mein Vater hat seine Ruhe, der sich die Begleitung durch die Filmcrew einfacher vorgestellt hatte. Immer öfter macht er keinen Hehl daraus, dass es ihn nervt, wenn die Kamera läuft, ihn beobachtet und transparent macht.

## *Etappe 25*

Ich vermisse meine Kinder. Ich vermisse sie ständig. Es ist bei all meinem Glück, das ich habe, der große schwarze Fleck auf meinem Herzen. Meine beiden Kinder und ich leben getrennt voneinander. Das hört sich zunächst nicht ungewöhnlich an, denn glaubt man der Statistik, tun das ziemlich viele. Das macht die persönliche Situation der Betroffenen nicht besser. Väter, die bei ihren, mit ihren Kindern leben, denken vermutlich auf Reisen, bei der Arbeit mit einem zufriedenen Lächeln an ihren Nachwuchs – mit fällt das oft schwer. Meine Traurigkeit, sie viel zu selten um mich herum zu haben, ist meist stärker als die Erinnerungen, wie es zusammen mit ihnen ist. Dass ich mir in der ohnehin schwierigen Situation dann auch noch aussuche, für zwei Monate ganz weit weg zu sein, verstehe ich selbst nicht. Ich bin ein Getriebener. Es muss wohl so sein.

Lia hat heute Geburtstag. Sie wird neun Jahre alt. Ich bin nicht bei ihr und ich weiß nicht, ob es irgendeine Erklärung gibt, ob das okay ist. Es gibt niemanden, der mir sagen könnte: »Denis, mach dir keinen Kopf! Das geht schon in Ordnung.« Es ist nicht Ordnung. Ich sollte bei ihr sein.

Es ist die Verantwortung, die Eltern tragen, und nun auch meine Verantwortung damit zu leben, dass meine Tochter diesen Geburtstag, den wichtigsten Tag des Jahres ohne ihren Vater feiert. Ich werde mit ihr telefonieren, es wird mich beruhigen, wenn ich höre, dass es ihr gut geht, dass sie fröhlich ist und eine Party im Garten feiert. Sind die guten Eltern wirklich die, die immer bei ihren Kindern sind?

Auf dieser Etappe, die mich aus Belgrad hinausführt, denke ich viel an meine Kinder, wie sie sind, was sie mal werden und was ich ihnen mitgeben kann. Das bringt mich gedanklich immer wieder in die eigene Kindheit und zu dem, der gerade hinter oder vor mir her fährt. Mein Vater.

Was treibt ihn an, fast acht Wochen lang durch den Balkan zu fahren? Bin ich es? Und würde ich so etwas in 30 Jahren auch für meinen Sohn oder meine Tochter tun? Die Vorstellung treibt mir Tränen in die Augen.

Wie schön es wäre, wenn Lia und Fynn solch eine Sache für sich finden könnten, wie mir das vergönnt ist.

Das Leben wird einfacher, wenn man sich auf eine Leidenschaft fokussieren kann, wenn unwichtige Dinge, die schaden, einfach ganz von selbst an den Rand wandern und dort auch liegen bleiben, weil man schlicht und ergreifend keine Zeit dafür hat.
Meine Kinder sind jeden Tag, auf jeder Etappe dabei. Vielleicht lesen sie dieses Buch und verstehen mich. Wenn nicht, dann könnte ich es ihnen nicht verübeln.

Ich renne früh am Morgen aus Belgrad hinaus, und schnell wird aus der großen Stadt wieder ein Dorf. Irgendwann trabe ich an Villen vorbei, die am Donauufer große Grundstücke in Anspruch nehmen. Es ist die gleiche Schweinerei wie an den Seen um München. Man kommt nicht mehr ans Wasser, weil alles in privater Hand ist. Serbien ist in dieser Region ein Raum der Gegensätze. Man sieht dicke Autos mit viel Hubraum und Echtlederausstattung neben armen Menschen, die Müll sammeln.

Es ist jetzt unfassbar heiß. Der Planet brennt hier. Ich sollte früher am Tag starten, bekomme es aber nicht auf die Reihe. Ich bin wie ein Kind. Ich sehe mich selbst wie vor 35 Jahren. Ich stehe am Morgen auf, gehe vor die Tür, tobe mich aus. Mein Vater ist hin und wieder da und passt auf mich auf und am späten Nachmittag bin ich fertig mit dem »Spielen«. Das hier

fühlt sich alles an wie meine »letzten langen Sommerferien«. Ich bin 43.
Dass hier dann auch noch so viele Autos aus meinen Kinderjahren herumfahren untermauert natürlich meinen Eindruck, in den 1980ern zu sein, umso mehr. Golf 1 LS, eckige Passat Kombis, alte Fiestas, sogar der unvergessene Fiat Ritmo oder Ford Scorpio.

## AUGUST 1987

Bolheim liegt im Landkreis Heidenheim und auf 484 Metern Höhe. Heute leben 2.900 Menschen in diesem Dorf in Baden-Württemberg. Ich war genau einmal in Bolheim und werde Bolheim nie vergessen. Eigentlich steht dieser Ort für eine Niederlage mit Ansage.
An diesem Sonntag im Sommer 1987 bin ich mein erstes Radrennen gefahren. Jugendklasse. Ich hatte eine druckfrische Rennlizenz, sie war orange und trug einen Stempel des Württembergischem Radsportverbands, darunter ein Foto von mir, das Foto eines 14-Jährigen.
Wer heute auf Google nach »Radkriterium Bolheim« sucht, findet nichts. Das Rennen gibt es längst nicht mehr und es gibt auch keinerlei digitale Beweise, dass dieses Radrennen jemals stattgefunden hatte. Ich erinnere mich lediglich daran, dass ich mit weichen Beinen in einer endlosen Schlange stand, um

vor dem Eingang einer Turnhalle meine Startnummer und vier Sicherheitsnadeln zu holen. Ich erinnere mich, dass ich viel zu nervös gewesen bin, um diese Startnummer mit der Zahl 124 und dem Sponsorenaufdruck einer lokalen Brauerei an die Brust meines Trikots zu heften. Mein Vater tat es für mich. Überall standen Autos mit geöffneten Heckklappen, es wurden Laufräder überprüft, Reifen auf eine penibel genaue Zahl an Bar Luftdruck aufgepumpt und die rasierten Waden mit Sixtus und Sport Lavit auf ein Höchstmaß an Durchblutung massiert. Ich war fasziniert, ich sog alles auf. Es war die beste Nervosität, die ich jemals erlebte, und alle um mich herum waren höhere Wesen.

Der Rundkurs war ungefähr 1.000 Meter lang, führte in einem Rechteck durch den Ortskern, was vier Abbiegungen um 90 Grad mit sich brachte.

Unsere Distanz betrug 35 Kilometer, was 35 Runden entsprach. Als um 13 Uhr 15 der Startschuss erfolgte, stand ich wie ein scheues Reh in der hintersten Reihe des Feldes der 140 Jugendfahrer. Ich war einen Kopf größer als der Rest, wog aber vermutlich weniger.

Die ersten Fahrer waren bereits in die erste Kurve eingebogen, da war ich noch nicht einmal mit den neuen Klickpedalen verbunden. Drei oder vier andere hatten dieselben Probleme. Das Rennen ging los und war eigentlich schon vorüber. Über zehn Runden hinweg trat ich mit einer kleinen Gruppe ähnlicher Anfänger wie verrückt ins Kettenblatt, schaffte den Anschluss an das Hauptfeld, um kurz darauf so kaputt und zerstört zu sein, dass ich unmittelbar danach wieder zurückfiel. Nach vier oder fünf weiteren Runden kam bereits von hinten die Spitze des Feldes und überrundete mich. Ein älterer Herr in brauner Cordhose und einem hellgelben Kurzarmhemd, ein Offizieller, machte mir sehr unmissverständliche Zeichen, dass mein Auftritt jetzt beendet sei.

Die Welt, die vor wenigen Minuten noch hellrosa und babyblau geleuchtet und nach Blumenwiese und Massageöl gerochen hatte, war plötzlich ein Ort schwarzer Wolken und tiefer Depression. Ich wollte heulen, ich heulte, ich verstand das alles nicht. Ich dachte, ich wäre besser.

Mein Vater war mir an diesem Sonntag keine große Hilfe mehr. Er machte mir mit seinem ausdruckslosen Gesicht klar, dass er von dieser Leistung nicht angetan war.

Als später im Haupttrennen der Herrenklasse über 80 Runden ein Vereinskamerad ebenfalls sang- und klanglos ausschied, wechselte dieser am Teamwagen kurz das verschwitzte Trikot, füllte seine Taschen mit ein paar Müsliriegeln und fuhr die 150 Kilometer von Bolheim bis nach Hause. Ich war schwer beeindruckt.

Dieser Kerl war ein arroganter, egozentrischer Depp, aber er sollte in den Folgejahren einer der besten Radrennfahrer unserer Region werden.
Dass dieser Radrennsport nicht die leichteste aller Sportarten ist, war mir schnell bewusst. Dass ich nicht der härteste Hund auf dem Planeten war auch. Eigentlich hätte ich nach den ersten paar Lizenzrennen und diesen vollkommenen Niederlagen sofort wieder damit aufhören müssen. Ich weiß bis heute nicht, weshalb ich das nicht tat.

## *Etappe 26*

Ich dachte, wenn Halbzeit ist, dann wird alles einfacher. Nein, es wird hart. Der Körper kann und will, aber mein Kopf wird müde. Ich bin kein Typ, der lange das Zuhause aufgeben kann, ich bin jemand, der gerne mal raus ist, aber noch lieber zurückkehrt. Ich fühle mich wohl in meiner Wohnung, wohl in meinem Büro, bin zufrieden damit, in einem Café in Obergiesing zu sitzen. Auf dem Sofa träume ich von den Bergen, von Wüsten, von Ultratrails und den großen Laufsport-Abenteuern. Und wenn ich dort bin, dann denke ich oft weinerlich an das Sofa.
Ich bin der Typ, der das will, was er gerade nicht hat. Es ist eine Krux. Mein bester Freund ist der Meinung,

dass ich für ein glückliches Leben ein MacBook, eine Stereoanlage, ein paar Zeitschriften und Laufschuhe brauche. Er liegt nicht so falsch.

41 °C im Schatten. Serbien. Alles wie in Zeitlupe. Bis Kilometer 15 ist alles in bester Ordnung, dann kommen gefühlte zehn Horrorkilometer, die endlos sind. Ich laufe, ich schaue auf die Suunto, ich schaue in die weite, steppenartige Landschaft, über riesige Sonnenblumenfelder hinweg, um wieder auf das Display der Uhr zu schauen, die ihre Distanzanzeige nicht wirklich verändert hat.

Wieso ich dann zwischen Kilometer 25 und 47 wieder »fresh« bin, völlig fit mit besten Beinen, ist ein ewiges Geheimnis. Es ist der erste Tag meines Abenteuers, an dem mir die Worte fehlen. Ich bin geistig zu müde, zu erschöpft um zu denken und um zu sprechen. Ich würde gerne mehr mit meinem Vater reden, mehr mit ihm über Dinge reden, die uns betreffen, aber es ist mir zu mühsam. Ich weiß nicht, ob er das weiß, denn ich bin zu müde, um ihm das zu erklären. Ich bewege mich von Belgrad weg, es wird ländlicher und ärmer. Die Landschaft passt zu den Menschen. Die Menschen zu ihrer Landschaft.

Hier ist Stahlbauindustrie, es wirkt massiv und wenig herzlich. Die Männer wirken abwesend und oft so, dass ich mir keinen Ärger mit ihnen wünsche.

Ich laufe und laufe und laufe. Es ist kein schnelles, kein dynamisches oder athletisches Rennen im Sinne der Bewegung eines Leichtathleten oder Bahnläufers. Es ist Ökonomie. Ich versuche voranzukommen, wenig zu belasten und wenig zu verbrauchen.
Ich zähle heute ganz genau meinen Flüssigkeitsverbrauch. 13 Liter. Alles, was ich gekühlt kriegen kann. Sonnencreme? Sonnenbrand? Brauch ich nicht. Bekomm ich keinen mehr.

## *Etappe 27*

Ich will positiv bleiben. Es sind jetzt die kleinen Dinge, die ich groß machen möchte. Einfach bei Laune bleiben. Ich wehre mich mit allem, was ich habe, laufe zunächst durch eine wunderschöne Hügellandschaft im Zentrum von Serbien und vertraue einer Landkarte, die einen Weg vorgibt, den es nicht gibt. Selbst Einheimische schütteln den Kopf und machen mir klar, dass dort, wo diese rote Linie eingezeichnet ist, einfach kein Durchkommen ist. Also drehe ich um und ärgere mich zur Freude des Filmteams, dass ich fünf Extrakilometer laufen muss, dabei den Abzweig verpassen werde, den mein Vater nimmt, und den ich, völlig dehydriert, erst nach Stunden an einem Ort treffe, der fernab der Route liegt. Ich bin Stunden umsonst gelaufen, ich habe mich verzettelt und es machen sich erste ernsthafte Konflikte breit. Mein Vater ist gereizt, ich bin erschöpft. Die Kombination ist wie Dynamit.

Ich wäre gerne alleine. Ich hätte gerne meine Ruhe und wünsche mir Filmcrew mitsamt Begleitfahrzeugen einfach weg. Ich bin so sehr mit dem Laufen beschäftigt, mit dieser simplen Bewegung, mit dem Vorankommen, dass alles andere im Moment nicht zu mir gehört.

Dann sehe ich meinen Vater, wie er neben seinem Wagen steht und mir demonstrativ einen schüttelnden Kopf zeigt, ich sehe das von Weitem schon. Als ich auf ihn treffe, explodiert die Situation. Und mittendrin eine Kamera, die aus allem eine Enge macht, aus der ich fliehen möchte.

Mein Vater fährt nun mit einer Ansage, die nur Väter an Söhne richten können, mit seinem Wagen dicht hinter mir. Er würde heute keinen Meter mehr von mir weichen. Ich bin geladen, ich bin wütend und renne unter der gleißenden, stechenden Mittagssonne in hohem, viel zu hohem Tempo vor ihm her. Alle Distanz und Zeit, die ich heute irgendwo verloren habe, hole ich nun gefühlt wieder auf. Das Filmteam sitzt bei ihm im Wagen. Ich weiß, dass dort hinter mir heftig diskutiert wird.

Ich vermisse meine Freundin. Wir lernten uns spät kennen. Wir diskutieren manchmal darüber, ob wir, wären wir uns in frühen Jahren, in unseren wilden 20ern, über den Weg gelaufen, uns gegenseitig überhaupt gut gefunden hätten. Sie eine bildhübsche Architekturstudentin, die gerne britische Indie-Bands hörte, dazu tanzte. Und ich, ein Antityp, der Metzgereischaufenster mit Steinen einwarf und Bands hörte, die sich Doom, Extreme Noise Terror, Agnostic Front oder Spermbirds nannten und dazu in einem tobenden Mob stinkender Rumtreiber und Taugenichtse abdrehte.

## 1981. MEIN ERSTES BMX-FAHRRAD WAR UNCOOL

Es kostete 169 Mark und war mein zehntliebstes Foto im 960 Seiten starken Quelle-Katalog. Auf den Plätzen 1 bis 9 waren ein paar Damen der Dessous- und Unterwäsche-Seiten, ein paar Hifi-Anlagen und trotzdem, oder genau deshalb, bestellte meine Mutter zu meinem achten Geburtstag das 20-Zoll-Mars, ein echtes BMX, silberfarben mit rotem Hartplastiksattel, und ich vergrößerte damit meine kleine Welt mehr, als ihr lieb sein konnte. Mein Radius bis zur äußeren Dorfgrenze dehnte sich dramatisch aus. An diesem Sonntag im März bewegten sich meine Eltern nicht aus der Wohnung, schauten in sogenannten

Hausanzügen alles, was das Erste und Zweite Programm hergaben und bemerkten in ihrer Couch-Lethargie nicht, wie ich mit meinem Großvetter Jochen, im Rausch nach einer 1,5-Liter-Flasche Coca-Cola, die es damals noch in einer Glasversion gab, wie unter Drogen mit unseren neuen Bikes einfach in die nächstgrößere Stadt radelten.
15 Kilometer und ein Gang. Der erste Stopp war das Bordell im Industriegebiet, wir schauten uns mit viel Interesse die Angestellten an, die sich in einem Glaskasten neben der Eingangstür unterhalb der enorm hohen Getränkepreise mit Steckbrief und aussagekräftigen, auf Kork gepinnten Fotos präsentierten. Wir fanden das sehr spannend. Wenn man so will, war also meine erste echte sportliche Ausdauerleistung von einem Zwischenstopp im Puff geprägt.

## *Etappe 28*

Es geht weiter in Richtung Brestovac. Ich lüge nicht, wenn ich sage, dass das Abenteuer nun mitten in einer heißen Phase ist. Eine heikle Phase. Ich denke, es kann in die eine oder eben andere Richtung kippen. Es liegt an mir. Nur an mir.
Ich bin einsilbig geworden. Mein Vater und das Filmteam leben hier mit einem Denis, der nicht mehr viel

kommuniziert und fast alles auf laufen eingestellt hat. Ich glaube, das ist eben so und muss vielleicht auch so sein. Ich komme mir selbst seltsam vor. Würde mir sogar eingestehen, dass ich eine Art Freak bin und merke dabei, dass ich weiß, was ich bin und während all dieser Etappen viel über mich gelernt habe, aber diese Suche nach dem, wer ich bin, nie enden kann. Ich suche die Antwort auf die Frage: »Wer bin ich?«, »Wer ist Denis Wischniewski?« Im Alltag zu Hause kommt diese Frage fast nie auf, sie wird weggedrückt, aber hier hat sie so viel Raum und Zeit, dass sie ständig bei mir ist.

Natürlich. Natürlich möchte ich Spuren hinterlassen. Das wäre schön, wenn meine Kinder einmal zu ihren Kindern sagen: »Schaut her, das ist ein Foto von eurem Opa. Das war ein wilder Hund. Der ist mal von München bis Istanbul gerannt!« Und meine Enkel würden dann sagen: »Echt? Krass, ey, wieso hat er denn nicht die U-Bahn genommen?«
Unter mir fährt keine U-Bahn. Es ist ein Wunder, dass ich mit meinem deutschen Pass praktisch durch die ganze Welt rennen kann und andere nicht zu uns dürfen. Das muss man verstehen – ich tu es nicht.

Ich verpasse meinen Vater im Ziel. Er ist nicht wie vereinbart an dem Punkt, den wir im Ortskern von

Zaječar ausgemacht hatten. Am Telefon wirkt er reichlich aufgelöst und ich finde nach über 50 Kilometern bei 43 °C keinen Schattenplatz und fühle mich matt und knapp vor einem Kollaps. Ich gebe ihm die Koordinaten durch, er legt auf. In diesem Moment beschließe ich für mich, dass meine Geschichte heute und hier endet. Wenn mein Vater jetzt mit seinem VW Tiguan irgendwann um die Ecke biegt und mich findet, werde ich keinen Streit mit ihm beginnen oder fortsetzen. Ich werde ihm in aller Ruhe erklären, dass ich keine Lust mehr habe, dass es mir zu viel ist, dass es so nicht funktioniert, dass wir uns beide keinen Gefallen tun und morgen die Heimfahrt antreten sollten.

Den Moment des Aufpralls sollte die Kamera festhalten, und nach den ersten Sekunden einer massiven Diskussion springt der Kameramann aus dem Transporter und rennt auf den Brandherd zu.
»Du steigst ein! Ich habe keinen Bock, dass die das drehen. Die riechen es, wenn wir Probleme haben, die provozieren das!«
Wir rasen mit quietschenden Reifen vor der Nase des Kameramanns davon und werden uns dafür am Abend im Hotel entschuldigen.
Bei einem Eiskaffee, nach einer langen Dusche, beschließen wir, dass es weitergeht. Bulgarien liegt vor

uns! Mein Vater stellt mich zur Rede. Er macht das gut. Er spricht an, was uns im Wege steht, und vielleicht ist es tatsächlich das Filmteam, das es uns im Miteinander schwerer statt leichter macht. Wir einigen uns darauf, dass es hier um uns geht. Um meinen Lauf. Um Istanbul. Sonst nichts.

Der Job meines Vaters ist schwieriger als zu Beginn. Er achtet in der Fortdauer des Abenteuers und nach eben nunmehr 28 Marathons und mehr sehr genau auf mich. Wenn es die Route erlaubt, dann steht er nun alle sechs, nein besser vier Kilometer an einem Schattenplatz, baut den Campingstuhl auf und hat alles griffbereit, was ich brauche oder brauchen könnte. Ich denke, er möchte gerne nach Hause. Jetzt. Ich denke, er vermisst sein Leben mit meiner Mutter und seinem Hund.

Ein älterer Herr, am Ortseingang von Zaječar: Es sind 40 °C im Schatten und in der Sonne scheinen es doppelt so viele sein. Also warm. Ich laufe diesem Herrn, der so aussieht, wie man sich richtig alte Menschen vorstellt, entgegen. Er fuchtelt mit den Händen und stoppt mich. Ich verstehe kein Wort, und irgendwann fällt das Wort »Training«. Ich sage: »Ja, ja, Training.« Oh Mann, Training.

Als ob ich hier noch trainieren würde. Was tu ich überhaupt? Ich trainiere nicht, ich laufe kein Rennen. Was bleibt denn sonst bitte noch?!
Ich antworte »Marathon« und schwinge meine Arme dabei, um ihm irgendwie beizubringen, dass ich mehr darstelle als jemand, der hier trainiert. Er antwortet wieder stoisch mit »Training« und zeigt mit seinem Daumen nach oben. Er lacht, ich sehe keine Zähne in seinem Mund. Okay, dann ist das halt ein Trainingslauf heute.

Mein Vater ist genervt. Er ist so, wie ich ihn ein Leben lang kenne. Er behandelt das Filmteam grob und es scheint mir auch heute so, als ob er ein Mensch ohne Filter ist. Alles, was ihm missfällt, lässt er raus. Egal wer gerade vor ihm steht. Kurze Zeit später tut es ihm leid. Er sagt es nicht, aber ich merke das.

## 1991. MEIN ERSTER ERFOLG

Wenn man in der Schule schlecht ist, ist es gut, wenn man irgendetwas anderes kann. Zunächst war ich kein guter Radrennfahrer. Mir war schlicht nicht klar, weshalb andere Jugendliche so viel besser fuhren, obwohl ich die langen Beine hatte und die Manie, die Sache in der letzten Konsequenz durchzuziehen. Ich hatte zwei Erfolge, die dafür sorgten, dass aus einem schlaksigen, schüchternen Kerl ein selbstbewussterer schlaksiger Kerl wurde.

Ich weiß nicht wieso, aber an diesem »Rennsonntag« klappte es. Es funktionierte. Einfach so. Ich war nicht fitter also sonst, nicht besser trainiert oder cleverer, aber beim großen Finalrennen des LBS-Cups, eine Rennserie des Bundeslandes, ging ich nach nur einer Runde aus dem Sattel und fuhr mit zwei anderen »Ausreißern« dem Feld davon. Einfach so. Locker und leicht. Am Ende wurde ich bei dieser Hitzeschlacht in einem wichtigen Juniorenrennen Dritter. Es siegte Heinrich Trumheller, ein Russland-Deutscher, ein Spätaussiedler, der später einmal Deutscher Profimeister werden sollte und sogar Leute wie Jan Ullrich schwindlig fuhr. Genau einen Rang hinter mir platzierte sich Volker Ordowski, ein kleiner, zäher Kerl aus dem Schwarzwald, der Jahre später Radprofi im Team Gerolsteiner wurde, den Giro d'Italia und die Spanienrundfahrt fuhr und über fast ein Jahrzehnt seinen Lebensunterhalt auf zwei schmalen Reifen verdiente. Ich bekam einen riesigen Blumenstrauß im Ziel, eine Schleife um den Hals und als Sachprämie den hässlichsten Trainingsanzug, den es geben kann. Er war hellrosa aus einer Art Samt und hatte den Aufdruck dieser Rennserie. Ich trug diesen Anzug, der zu kurze Ärmel hatte und im Übrigen viel zu weit geschnitten war, für viele Monate ständig und zu jeder Gelegenheit. Mit dem dritten Platz im Gepäck fuhr ich für lange Zeit wie auf LSD über die Straßen. Ich war nicht arrogant deswegen, aber auf eine unglaublich beschwingte Weise stolz, glücklich und fröhlicher als je zuvor. An diesem Samstagmittag hatte sich mein Leben verändert.

In diesem Jahr, 1991, hätte ich sogar ein echter Landesmeister werden können. Es war mir nicht vergönnt. Schuld war die Aerodynamik. Bei den Württembergischen Meisterschaften im Vierer-Mannschaftszeitfahren der Juniorenklassen starteten Peter Schröder, Andreas Klaile, Alexander Maier und ich über 50 Kilometer gegen die Uhr und einige andere Teams. Wir trainierten über Wochen hinweg wie besessen, wurden als Mannschaft eingeschworen und bekamen Hinterräder aus Karbonverkleidung zur Unterstützung von den älteren Amateurrennfahrern geliehen.

Wir standen am Start wie Profis. Hautenge Rennanzüge an, frisch rasierte, mit Sixtus eingeölte Beine, verspiegelte Brillen und todernste Mienen. Es ging um Leben und Tod an diesem Samstagmittag auf der Schwäbischen Alb, auf einer Landstraße, die extra für unseren Auftritt gesperrt worden war. Mein Vater saß zusammen mit unserem Trainer Marcel im Begleitfahrzeug mit einer riesigen Videokamera auf der rechten Schulter, die ungefähr so groß war wie ein kleiner Reisekoffer und eine Bildqualität lieferte, wie sie heute das lausigste Prepaid-Smartphone leistet. Wir stiegen in die Pedale, beugten uns tief nach unten und bauten Geschwindigkeit auf. Fast eine Stunde lang rasten wir wie ein Uhrwerk durch die Sommerlandschaft und lagen mehr oder weniger uneinholbar auf Kurs zu dieser Goldmedaille, die uns zu Blutsbrüdern und Landesmeistern machen sollte. Dann verabschiedete sich Andreas Klaile an einem längeren Anstieg. Ich drehte mich um und er stand. Er schien ohne jeglichen Vortrieb auf seiner Rennmaschine zu sitzen und der Abstand zwischen uns dreien und ihm wurde unendlich groß. Ich wollte ihm zurufen, aber im Moment dieser Überlegung wurde mir klar, dass es keinen Sinn hatte. Dass dieser schüchterne und oft selbstzweifelnde Kerl nur wenige Jahre später den Freitod wählen würde, sollte unsere ganze Rennrad-Clique in eine Krise stürzen und vieles verändern.

Wir rasten zu dritt voran. Schneller als zuvor, flüssiger und homogener. Bei dieser Disziplin des Radrennsports müssen letztlich drei der vier Gestarteten gemeinsam das Ziel erreichen, um in die Wertung zu gelangen. Wir waren also voll im Plan. Dann kam die Aerodynamik. Peter Schröder, ein kräftiger Bursche, der langsam redete, schnell denken konnte und schnell auf dem Fahrrad fuhr, bekam seine schmale, aerodynamisch geformte Trinkflasche nicht in die Halterung am Rahmen, fuhr eine Welle nach links, verzögerte dadurch das Tempo für eine winzige Sekunde und räumte den Dreierzug ab!

Wir lagen alle drei auf der Schnauze. Mein Vater filmte den Sturz, meinen Schrei, das Bild war für Minuten schwarz, die Kamera filmte den Dachhimmel des Autos. Schröders Rennmaschine war hinüber, nicht mehr fahrbar, Alexander Maier und ich rappelten uns auf und fuhren mit einer grenzenlosen Wut im Bauch für einige Kilometer zu zweit einfach weiter, schneller als je zuvor und natürlich mit dem Wissen, dass es zwecklos war. Dann brachen wir ab, stiegen in das Auto und hatten schreckliche Tage und Wochen. Über einen langen Zeitraum war das Klima kühl in unserem Team. Wir waren jung, wir hatten einen Traum gehabt und er war geplatzt.

In Zaječar trifft mein Vater auf einen Serben, der in Österreich lebt und hier seinen Urlaub verbringt. Er ist großspurig. Er ist dick, unförmig und schwerfällig, glaubt selbst aber, er wäre muskulös, athletisch und ein männliches Model. Er wirkt mit seinem dicken Auto und seinem Goldschmuck wie einer, der als reicher Onkel seinen Geburtsort besucht und seiner Verwandtschaft etwas vorspielt, große Stories auftischt und irgendwann wieder davondüst.
Er verrät meinem Vater, dass alle Serben Schlitzohren seien, er natürlich auch eines sei, und er in diesem Ort seit 20 Jahren kein Auto mit deutschem Kennzeichen gesehen hätte. Und nun rennt auch noch ein Deutscher in bunten Klamotten hier rum. Das wäre verrückt. Mein Vater beherrscht diese Art der Smalltalks ohne viel Gehalt sehr gut. Ich bin sehr froh darüber.

Der Tag beginnt gut. Ich laufe völlig beseelt durch grüne Hügelformen am Fluss entlang und bin im Sog und Flow einer wunderbaren Ruhe. Laufen, laufen, trinken, trinken und Bauern beim Heueinfahren beobachten. Nichts geschieht hier mit Hektik. Insofern passt mein Laufstil perfekt zu Land und Menschen. Ich fühle mich eingefügt. Der Lauf endet ebenso gut.

Ein tolles, kleines Hotel, ein kühles Zimmer und vier an der Zahl ... Eiskaffees.

*Etappe 30*

Es ist die Grenze von Serbien nach Bulgarien. Das bedeutet auch den Wiedereintritt in die EU und in mein sechstes Land. Der Übertritt heute bleibt jedoch etwas Besonderes und irgendwie bin ich mir an keiner Grenze sicher, was dort passiert, wie wir kontrolliert werden oder der Wagen untersucht wird. Die 15 Kilometer von Zaječar, der Grenzstadt, bis zur Grenze selbst sind irreal. Während der 1,5 Stunden überholen mich genau zwei Autos und zwei LKW.
Ich zeige meinen Reisepass, der Polizist nimmt ihn mit und lässt mich lange warten. Ich sehe in der Entfernung, auf bulgarischem Boden, einen Läufer. Ein Trailrunner, ein richtiger Läufer – kein Jogger, der hier wäre, um sich fit zu halten. Nein, der Kerl, der muss – glaube ich – wegen mir hier sein. Er hat also Ernst gemacht. Diese Facebook-Nachrichten und Kommentare unter meinen täglichen Postings waren kein Fake. Diesen Georgi Angelov gibt es tatsächlich!

Ich laufe an ihn heran. Er lacht. Er grinst so breit, dass ich mit einsteige. Er nimmt mich mit. Sofort und wie selbstverständlich. Ein wildfremder Mensch und nach Sekunden vertraut. Georgi ist ein großer Kerl, Mitte 30 und an der bulgarischen Schwarzmeerküste geboren und aufgewachsen. Vor mehr als zehn Jahren kam er für das Studium nach Deutschland und lebt heute in Bielefeld. Dort arbeitet er an einer Schule als Sozialarbeiter. Was mich sprachlos und glücklich macht ist jedoch, dass sein Vater, ein kräftiger Mann Mitte 50 mit riesigen Händen, ihn extra wegen mir, um mich zu treffen, in einem 25 Jahre alten, türkisblauen Mercedes Kombi mit nachgerüstetem Gasantrieb mehr als 400 Kilometer durch die Nacht von der Küste bis hier an die Grenzregion gefahren hat. Georgi und sein Vater sehen sich selten, meist nur zweimal im Jahr.

Georgi erklärt mir heute bei einem 50-km-Lauf durch eine völlig neue Landschaft sein Land. Er spricht über Dinge, die in Bulgarien kurios sind und über Dinge, die mich zum Lachen bringen. Die Zeit mit ihm fliegt einfach so dahin. Wir pflücken Obst von Bäumen und er ruft Menschen am Straßenrand zu und übersetzt für mich. Die Härte der letzten Etappen ist heute wie weggespült. Der Regen kommt. Es ist der beste Regen meines Lebens. Er haucht mir mit jedem Tropfen neues Leben ein. Endlich Abkühlung. Alles geht etwas leichter.

Bulgarien also. Eine andere Welt. Ich laufe durch sehr armes Gebiet. Die Menschen in dieser Region haben wenig. Der Unterschied zu Serbien fällt sofort auf. Schweine, Pferde, wilde Hunde mit einem oder keinem Auge, Esel, denen viel Fell fehlt, rennen hier wild herum. Die Menschen auf dem Land sind Selbstversorger. Häuser sind zerfallen. Es geht hier um bloßen Erhalt, habe ich das Gefühl. Wie nett und herzlich die Leute sind. Georgi sagt zu einem jungen Mann, der uns auf einem Pferdewagen überholt: »Hey, du hast einen platten Reifen!« Er antwortet: »Der ist nicht platt, ich habe ihn doch so gekauft!«

Wir kommen in Belogradtschick an. Die kleine Stadt hat zwei Gesichter. Sie empfängt uns zunächst mit ihrer ärmsten Seite. Vor heruntergekommenen, mehrstöckigen Wohnanlagen verbrennt eine Gruppe Sinti allerhand Unrat, es laufen Schweine und Pferde kreuz und quer durch die Vorgärten und die Straßen.

Nur Minuten später öffnet sich der Ort als sauberer und fast moderner Raum für Outdoorsportler und Wanderer, denn die hier beginnenden roten Felsen, 180 Kilometer nordwestlich von Sofia, sind ein seltenes Naturwunder aus der Gesteinsart Konglomerat. Über 200 spitz nach oben ragende Felsen machen es zu einem Wunderland. Georgi und ich stehen staunend davor. In diesem Augenblick öffnet sich der schwarze Himmel und es regnet. Es regnet. Ich schließe die Augen. Für einen Moment ist die Hitze davon. Ich bekomme Luft. Klare Luft. Sauerstoff. Ein gigantischer Moment nach Wochen der Trockenheit.

## ZWISCHEN DEN SPORTJAHREN

Zwischen dem Ende meiner jungen Radsportjahre und dem Beginn des Laufsports hatte ich mehr als zehn Jahre Zeit, etwas anderes zu tun. Um heute zu begreifen, wie wichtig für mich Bewegung, Natur, Sport und eine ganz allgemein gesunde Lebensweise ist und wie essenziell prägend meine Jugendzeit auf Fahrrädern war, musste ich viele Dinge tun, die ich heute nicht mehr tun würde. Sie würden für mich heute keinerlei Sinn und Zweck ergeben. Sie würden mir nicht viel geben! Aber ohne sie würde es mich nicht geben.

Nachdem mich mein Vater in einem ersten Schock vor die Tür gesetzt hatte – ohnehin konnte er mit grasgrün gefärbten, in alle Richtungen gegelten Haaren und mit Hosen, die in den Kniekehlen hingen, nicht viel anfangen –, lenkte ich meinen Fiat Uno ohne TÜV-Plakette in Richtung Landeshauptstadt Stuttgart. Das Dorf war zu eng, zu klein und zu spießig. In der Stadt konnte ich frei sein, laute Musik hören und an sechs Abenden in der Woche feiern.

Ich schloss mich einer Gruppe halbstarker Punks an, alles Kinder der Mittelschicht, keine Rich Kids, aber alle aus einem mehr oder weniger intakten Umfeld. Vor allem aber kamen wir alle vom Dorf, um nun die Großstadt zu erobern. Und wir verfolgten alle dasselbe Ziel: ausprobieren wie weit man gehen kann, wie viel Alkohol man verträgt, wie viel Gras man rauchen kann und wie wenig Schlaf man braucht. Wir veranstalteten Konzerte in einem angemieteten Kellerlokal im Rotlichtviertel, hatten als Türsteher einen 2,10 Meter großen, glatzköpfigen Knochenbrecher, der, wie behauptet wurde, für einige Jahre bei der Fremdenlegion gedient hatte. Für 50 Mark pro Abend sorgte er für absolute Ordnung in jeder Hinsicht. Ich hatte das Gefühl, dass ich das Tempo und die Intensität des Sports einfach in einen anderen Bereich verlagert hatte.

Mein bester Kumpel reagierte auf den Namen Jogges, hieß eigentlich Jürgen und wollte, dass ihn alle J-Dog nennen, was aber keiner tat. Wir träumten davon, in Stuttgart einen Platten- und Klamottenladen zu eröffnen und dabei die meiste Zeit vor dem Laden zu stehen und einfach Leute zu beobachten. Jogges nannte das »repräsentieren«. Unsere Kampfhunde würden den Laden bewachen und wir würden nur rare Scheiben verkaufen. Die ganze Szene Süddeutschlands würde unseren Laden als Kirche verehren und wie auf Kaffeefahrten zu uns pilgern. Jogges war die absolute Verkörperung des Halbstarken. Ein netter junger Mann mit einer Stimme, die dauerheiser klang, ein Kerl mit dem Herz am rechten Fleck, einer, der brutaler wirken wollte als er es jemals hätte sein können. Wir zogen durch die Stadt, ernährten uns von Falafel und Dinkelacker Pils, warteten auf die Abende, um losziehen zu können und redeten pausenlos über Bands, die auf Tour waren, neue Platten, neue Singles und was man sich wie, wo von wem tätowieren lassen könnte. Jogges hatte anstatt eines dieser neumodischen Mobiltelefone einen Piepser von Swatch. Ein Gerät, das am Gürtel der Hose hing und auf einem kleinen Display eine Telefonnummer anzeigte, die um einen mehr oder weniger dringenden Rückruf bat.

Jogges war ein Profi darin, mich in seine Traumwelten mitzunehmen. Ich glaubte ihm zwar meist kein Wort, aber es fühlte sich gut an, ihm zuzuhören. Er stand meist breitbeinig vor mir, als wolle er in jedem Moment einen Revolver ziehen, und dann piepste meist der kleine Plastikkasten an seiner Hose, und er rannte wie ein Besessener zur nächsten Telefonzelle.

Nur einmal war Jogges nicht in Stuttgart anzutreffen. Eine ganze Woche lang. Seine Freundin, die mit

Nachnamen Rindfleisch hieß und eine Metzgerstochter war, hatte ihn, den Vegetarier, überredet, mit ihr mehrere Tage Wanderurlaub in den Allgäuer Alpen zu machen. Als er wieder zurück in Stuttgart war, wirkte er erleichtert und unerholt zugleich. Er berichtete mir von einer sehr anstrengenden Woche und von Dingen, die man sich kaum vorstellen könnte – er hätte riesige Kühe gesehen und überall nur Wald, Wiesen und Berge. Er sei so froh, wieder in der Stadt zu sein. Er würde nie mehr etwas anderes unter sich spüren wollen als Beton und Asphalt.

Ich war 23, ich hatte kein Geld, wollte aber viel erleben. Ich hätte mir damals niemals auch nur vorstellen können, dass ich irgendwann einmal 43 Jahre alt würde, Vater von Kindern sein könnte, oder dass das Jahr 2017 kommt. So oft es nur ging veranstalteten wir Konzerte mit amerikanischen Hardcore-Punkbands, kaputte Typen, die ihr Leben lang auf irgendeiner Außenspur fuhren, die an irgendein Ziel führte, das ich gerne gekannt hätte. Das größte Schicksal im Zusammenhang mit dieser Art von Musik war meine absolute Unfähigkeit, selbst Musik zu machen. Es wäre eine Konsequenz gewesen, selbst in einer Band ein Instrument zu spielen, aber ich war dafür nicht gemacht. Meine Ungeduld machte jegliches anständige Lernen einer Gitarre, eines Basses oder Schlagzeugs unmöglich. Mir blieb also lediglich, ein fanatischer Fan, ein Roadie und Supporter zu bleiben.

Ich sollte zwar tatsächlich irgendwann als Sänger auf einer Bühne stehen und sogar vor einigen hundert Leuten – denen das Ganze sogar gut gefiel – singen, aber zufrieden sein konnte ich damit nicht. Zumeist blockierte ich mögliche Auftritte, die meine Bandkollegen organisiert hatten, mit fadenscheinigen Ausreden und war der Meinung, dass unsere Musik besser im Proberaum bleiben sollte. Der Sänger wurde ausgewechselt und ich fühlte mich gut dabei. Wichtig war letztlich einfach dazuzugehören, einer dieser Szene zu sein, die besonders war, die irgendwie wild wirkte, in Wirklichkeit aber Tierschutz, Freundschaft, Loyalität pflegte und geschlossen gegen Fremdenhass und rechte Ideen stand.

Das brachte mich hier und da in Grauzonen, in einen Verein, der sich »Bundesverband der Tierbefreier« nannte und in Zeiten ohne digitale Vernetzung über Fax zu sogenannten Aktionen aufrief. Ich lernte über ein Netzwerk leidenschaftliche Tierfreunde kennen und stand irgendwann nachts, schwarz gekleidet und vermummt, vor einem Schweinetransporter.

Ich rannte. Ich lief. In dieser Zeit rannte ich tatsächlich öfter, ohne dabei an Sport zu denken. Am 1. Mai 1997 glaubte ich mutig zu sein, demonstrierte in einem schwarzen Block gegen Neonazis bei einer unangemeldeten Anti-NPD-Demo, als plötzlich ein Grollen in diese unwirkliche Stille einfiel. Es wurde lauter und lauter, bis aus dem Ton ein erkennbarer, sich wiederholender Satz wurde.

»Hier regiert die nationale Front, hier regiert die nationale Front!« Ich bog mit 150 bis 200 anderen Punks, Anarachokids und Linken in eine breite Straße ein, die in die Dresdner Innenstadt führte, und wir blieben mit einem Mal wie angewurzelt stehen. Vor uns schnaubte und wütete ein Mob aus Rechtsradikalen – ich schätze 1.000 oder weit mehr. Ihr Schlachtruf wurde lauter, näher, realer und plötzlich setze sich die Masse in Bewegung, in unsere Richtung, auf mich zu. Auf Denis aus Unterhausen zu! Ich war wie gelähmt, hörte mein Blut durch die Adern fließen. Ich rannte irgendwohin, dem Rest hinterher, an vielen vorbei, aber der Abstand wurde nicht größer.

Als Punk mag man die Polizei nicht, man hat vorgefertigte Parolen gegen die Exekutive parat, aber an diesem Tag war ich froh um die Polizei, die, wie ich mir noch heute sicher bin, mein Leben rettete, oder zumindest meinen Kiefer und die Nase. Eine Hundertschaft fuhr mit schweren Fahrzeugen wie aus dem Nichts zwischen die beiden politischen Ausrichtungen und verhinderte Schlimmes. Mein Mob und ich landeten für eine Nacht in Sicherheitsgewahrsam.

Am nächsten Tag hatte ich Muskelkater. Das war ein völlig verloren gegangenes Körpergefühl.
Manchmal frage ich mich, was mir diese Energie im Sport gebracht hätte, wenn ich anstatt zu protestieren, zu randalieren und zu tanzen in dieser Zeit meines Lebens gelaufen wäre oder noch auf dem Rennrad gesessen hätte. Vielleicht wäre ich eine schnelle letzte Bahnrunde gelaufen beim 10.000-Meter-Rennen, anstatt vor Nazis davonzusprinten.

Ich fuhr mit einer Band aus Boston durch Europa, stand mit verschränkten Armen wie ein Poser hinter dem Merchandise-Stand und verkaufte deren T-Shirts. Wie gerne wäre ich einer dieser Musiker gewesen, die jeden Abend dem Publikum einheizten, es schafften, ihre Anhänger derart in ihren Bann zu ziehen, dass diese kreuz und quer durch den Club jagten, lautstark mitsangen, jede Silbe der Songtexte auswendig kannten und der Band mit jeder Faser ihrer Körper regelrecht ergeben waren. Die Symbiose aus Band und Publikum war beeindruckend. Vieles erinnerte mich immer wieder an die Energie, die man im Sport findet. Die Musik und ihre Szene waren gezeichnet von Klischees, ganz bestimmter Mode und Mustern – das gab mir Halt. In schwarzen Shirts mit markigen Sprüchen und coolen Bandlogos herumzulaufen war letztlich dem Radtrikot nicht unähnlich.

Es ging immer wieder um die Suche nach einer Identität. Die 80er- und 90er-Jahre machten es einem jungen Menschen in der Tat leicht, eine passende Ecke zu finden, die einem Halt gab.

## MEIN DORF

Ich glaube, um zu wissen wer man ist, hilft es zu wissen woher man kommt, wie und wo man aufwuchs. Mein Dorf heißt Unterhausen. Eigentlich war es aufgeteilt in Unterhausen und Oberhausen, und ältere Bewohner wussten auch sehr genau, wo die Grenze verlief. Unterhausen spielte Fußball und Handball, Oberhausen nur Handball, dafür aber besser. Nicht viel besser, aber doch so viel, dass man es klar benennen konnte. Mein Dorf liegt in einem Tal, das umringt ist von Bergen. Die sind nicht sonderlich hoch, aber doch so erhaben, dass es dort früher echte Skiliftanlagen gab, die richtig im Einsatz waren. Wir haben eine Bergwacht, eine Feuerwehr. Ach ja, die Feuerwehr. Es brannte und die Feuerwehren von Unterhausen und Oberhausen kamen quasi zeitgleich, rasend schnell zum Einsatzort. Und – es gab Streit. Streit, wer denn nun dieses brennende Gebäude löschen dürfe. Ich weiß nicht mehr, ob es abbrannte oder vom wem es letztlich gelöscht wurde.

Durch das Dorf führt eine grausliche Bundesstraße, die aus diesem schönen Dorf ein weniger schönes Dorf macht. Häuser, die direkt an der Bundesstraße liegen, haben graue Fassaden, und früher kamen mir all die Menschen, die in diesen Häusern lebten, seltsam traurig und düster vor.

Ich selbst lebte weiter oben und hatte mit dieser Straße nur wenig zu tun. Erst später, als ich erwachsen wurde, war diese Straße ein Wunder, denn sie führte mich aus dem Dorf hinaus in die Stadt.

In Unterhausen gibt es einen Fluss, in dem wir badeten. Er hat 12 °C – im Sommer. Und manchmal war das Wasser lila verfärbt. Ich fragte meine Mutter, ob man aus der Echaz eigentlich trinken könne, weil ich das wichtig fand, und sie sagte, ich solle es besser nicht tun. Das war zu einer Zeit, in der die Grünen gerade frisch gegründet waren und als anarchistische Spinner in der Opposition kämpften.

In meinem Dorf lebte ein Teil meiner Verwandtschaft. Der Onkel meiner Mutter war der Postbote, seine Frau putze die Post, einer der Söhne kassierte an der Tankstelle und ein anderer Sohn strich die Fassaden neu an all den grauen Häusern entlang besagter Bundesstraße.

Man könnte sagen, es waren einfache Leute. Sie aßen zum Frühstück Marmorkuchen, mittags Fleisch und nachmittags gab es Torte. Gegen den Durst half Fanta oder Coca-Cola. Im Zentrum des Dorfes hatten sie einen der raren Bauernhöfe, ein ungepflegtes, poröses Backsteingebäude mit einem Pferd, ein paar Hühnern und Schweinen. Das Highlight war ein rostiger Traktor, mehrfach mit dunkelgrüner Farbe überpinselt. Das Ding fuhr und ich durfte mitfahren. In diesem Teil meiner Verwandtschaft gab es keine Etikette, keine Politik oder feinsinnige Themen. Es war authentisch, ungefiltert und für mich als Kind und Teenager ein Umfeld, das ich als leicht und frei gerne annahm. Ich hätte mir keine schönere Kindheit vorstellen können. Ich musste mich nie verstellen.

Unterhausen – mein Dorf. Es ist kein idyllisches Örtchen, es ist geplagt von zu viel Verkehr, und die Menschen dort reden schwäbisch, was in der Gunst der Deutschen offenbar nur knapp hinter Sächsisch liegt. Unterhausen war nicht Fisch und nicht Fleisch. Da es im Tal lag, war es kein Dorf der Schwäbischen Alb, aber auch keine Stadt wie Reutlingen. Eines brachte die Lage meines Dorfes aber immer mit: Um etwas zu sehen und den Überblick zu bekommen, musste man nach oben steigen. Ich wanderte als Kind oft nach oben auf einen der vielen Felsen, setzte mich auf eine Bank und schaute hinab aufs Dorf, auf die Autoschlange, die sich durchzog und wie wild hupte. An klaren Tagen konnte ich bis nach Stuttgart sehen. Die 50 Kilometer bis dorthin waren eine Weltreise. Später dann eine kurze Autofahrt.

## *Etappe 31*

In der Nacht vor meinem heutigen Start in Belogradtschik wache ich mehrmals auf. Es kommen viele SMS-Nachrichten mit vielen Ausrufezeichen. Viele Freunde schreiben mir und machen mich auf die Situation in der Türkei aufmerksam. Ihr müsst euch keine Sorgen machen um mich! Ein Putsch? Ich verstehe nicht. Es gibt Tote? Es scheint dramatisch zu sein.

Ich weiß nicht, ob ich bis Istanbul laufen werde. Ja, es war und es ist mein Ziel, nach 50 Etappen dort anzukommen. Ich will das schaffen, ich will auch zeigen, dass man in solchen Zeiten nicht wegschauen darf und die Angst uns nicht regieren darf. Es ist ungewiss, ob ich überhaupt über die Grenze komme. Ein Typ in knallgelben Funktionssportklamotten, gefolgt von seinem Vater in einem nagelneuen Volkswagen und einem Kamerateam – da könnten die Ordnungshüter an der türkischen Grenze in diesen Tagen schon scharf werden.

Georgi meint zu mir: »Mach dir keine Sorgen wegen der Türkei. Warte ab und wenn es nicht bis dahin geht, dann verlegst du dein Ziel in meine Heimatstadt an der Küste des Schwarzen Meeres und wir feiern dort eine große Finish-Party mit all meinen Freunden und der Familie!«
Ich denke mir, dass sich das verdammt gut anhört, wenn er das so überzeugend sagt und antworte: »Klar, geil. Und dann spielt eine Black-Metal-Band nur für mich am Schwarzen Meer zum Tanz auf und wir trinken nach dieser letzten Etappe eine Nacht und einen Tag selbstgebrannten Pflaumenschnaps!«

Georgi und ich bewegen uns. Wir schweigen, um Minuten später wieder wie Wasserfälle zu reden, Fragen zu stellen, laut zu lachen. Mindestens die Hälfte davon ist Blödsinn, Dinge die man mit 18 oder in der Minderjährigkeit bespricht. Doch immer wieder sind unsere Laufgespräche sehr ernst. Ich bin ein schlechter Gesprächspartner. Mein Interesse an Georgi müsste größer sein. Ich spüre stark, dass unsere Beziehung in diesen Tagen unausgewogen ist. Es fällt mir schwer, Georgi Fragen zu stellen, herauszufinden, was er tut und wer er ist. Ich habe große Angst, dass er mein Verhalten als Arroganz deutet. Es geht also oft um mich. Schon wieder.

Ich erkläre Georgi auf dieser Etappe von Belogradtschik nach Montana, dass dieses Abenteuer wie ein ganzes Leben wirkt. Ich lief mit einer Leichtigkeit und Naivität los, es wurde sehr kompliziert und schwierig und nun, je länger und konkreter es dem Ende zugeht, profitiere ich von der Routine.
Ich habe quasi schon eine Menge hinter mir, bin umgefallen und wieder heldenhaft aufgestanden. Ich bin dünn geworden, die Arme sind zu Ärmchen geworden und meine Beine hart wie Beton. Die Fettschicht ist weg, dic Adern sind an den Waden zu erkennen. Es ist ein Geschenk, durch dieses wilde Bulgarien zu laufen und einen Bulgaren bei sich zu haben, der auf jede noch so dumme Frage von mir eine Antwort weiß. Ich renne heute durch Dörfer, die völlig ausgestorben sind, die einen gewissen Glanz vergangener Jahre erahnen lassen und ich sehe Berge und Täler, die einfach nur ein Naturereignis sind. Das sind Landstriche, in denen oft nur noch alte Menschen leben, die ihre Enkel zu Besuch haben, die ihre Sommerferien bei den Großeltern verbringen. Dieses Land scheint so vielseitig.

Wenn ich laufe, bin ich frei. Ich renne über Stunden hinweg an Landstraßen entlang. Ich weiß genau, was wann zu tun ist. Ich trinke in kurzen und regelmäßigen Abständen, bin ein Profi darin, Stellen zu finden,

an denen ich mich selbst fotografiere, ohne dass es danach aussieht. Mein Körper hat sich auf all das, was er tun soll, tun muss, fast kompromisslos eingelassen.
Und immer wieder trifft mich eine Welle und eine Tatsache mit voller Wucht. Meine Kinder sind nicht hier. Meine beiden Kinder warten auch nicht zu Hause auf mich. Seit der Trennung leben sie bei ihrer Mutter, ich sehe die zwei viel zu selten. Ich fühle mich nicht gut dabei. Ich glaube, wenn andere Väter an ihre Kinder denken, steigt in ihnen ein Gefühl der Freude und Wärme auf – bei mir auch, aber eben auch Schuld, ein Gefühl wie ein schlechtes Gewissen und sehr viel Traurigkeit. Ich laufe. Ja, ich laufe auch davon.

Zurück. Immer wieder weit zurück. Der intensive Kontakt zu meinem Vater fördert immer wieder Erinnerungen zutage. Es sind Tage der absoluten Gegensätze. Wenn ich laufe, dann ist das die konsequente Bekenntnis: »Ich bin hier! Jetzt! Ich lebe!« Immer wieder wird diese lebendige Gegenwart unterbrochen von dem, was war, was mich vielleicht auch geprägt hat und letztlich dafür verantwortlich ist, dass ich mehr als 2.000 Kilometer laufen kann.

Ich konnte mir das nicht vorstellen, aber ich bin regelrecht umgänglich geworden. Nach vielen Etappen der Einsamkeit taut mich Georgi mit seiner Art auf. Er tut mir gut. Er ist vielleicht das Beste, was mir zu diesem Zeitpunkt passieren konnte.
Wir reden über Gott, über seine Welt, über unsere Trail-Schuhe und unsere Zukunft und schwupp! – ist die Zeit rum und wir sind im Ziel. Der Kerl ist dufte und einfach unheimlich nett. Mit einem Deppen würde ich auch nicht laufen wollen. Es gäbe keinen Grund, auch nur eine Sekunde mit einem Deppen zu laufen, aber der Vorteil beim Laufen liegt auf der Hand – es gibt nur wenige Deppen, die sich unserem Sport stellen! Deppen sind meist zu bequem dafür.

Georgi, der Bulgare von der Küste am Schwarzen Meer. Heute verrät er mir, dass er diesen Nordwesten seines Landes eigentlich gar nicht kennt und im Prinzip hier mit genauso offenem Mund und großen Augen durchläuft wie ich. Dieser Nordwesten ist reich an Natur – aber ansonsten sehr, sehr arm.

Wir laufen heute nahe einer stark befahrenen Straße, die von Montana nach Wraza führt, aber wir sind mutig wie Löwen und finden links und rechts davon tolle Trails und satte Landschaften. Die Berge, denen wir nun immer näher kommen, ziehen uns magisch an. In nur drei Tagen werde ich das Balkan-Gebirge überqueren, und laut Georgi im Süden Bulgariens ein ganz anderes, moderneres Land erleben. Ich weiß nicht, was er damit meint. Oft nicke ich ihm nur zu oder sage: »Ja.«

Es geht mir gut. Ich habe nach 32 Etappen viel Ballast abgeworfen. Ich fühle mich befreit. Nicht von allem, was mich belastet, aber doch von einer inneren Unruhe, die man heute wohl ganz selbstverständlich in unserer geschäftigen, urbanen Gesellschaft in sich trägt.

Dieses tägliche Laufen über sechs oder sieben Stunden fühlt sich längst lässig an und ich falle auch nicht mehr in diese Energielöcher wie noch am Anfang meiner laufenden Reise. Laufen ist Routine geworden, ohne langweilig zu sein. Mein Körper arbeitet jetzt effizient, braucht wenig Kraftstoff für lange Strecken. Ich bin fasziniert.

Das Laufen scheint auf einmal unglaublich tief in mir verankert. Zu Hause lauf ich oft zu 70 Prozent mit dem Körper und zu 30 Prozent mit dem Herzen. Hier laufe ich zu 100 Prozent mit der Seele, zu 100 Prozent mit dem Herzen. Mein Körper macht einfach mit.

Es ist auffällig schmutzig hier. Entlang der Straßen und mitten in den Wäldern und Wiesen liegt massenhaft Müll herum. Privatmüll. Flaschen, Tüten, Autoreifen, Matratzen, ...
Darf ich mich als Gast, als Ausländer darüber aufregen? Mein Vater tut es. Und wie!

## 1995. FREIHEIT

Ich war 22. Die absolute Freiheit. 1995. Irgendwie fühlte es sich so an, als ob ich tun und lassen könnte, was ich will. Das einzige Limit war das Geld, das ich nicht hatte. Ich war total blank.
Mein Arbeitgeber war ein Freund und ich habe diesen Kerl vergöttert. Dieser blauhaarige Typ fuhr mit einem Jaguar XJ6 durch die Gegend. Ledersitze und Holzlenkrad. 4.2 Liter. Er war, mitten in unserer Kleinstadt, die eigentlich selbst für eine Mitte schon zu klein war, Chef eines Punkrockplattenlabels, ich bei ihm angestellt. Aber nach einigen Erfolgen, die ihm eine britische Hip-Hop-Combo durch mehr als 10.000 verkaufte CDs beschert hatte, ging es rapide bergab mit dem Business. Irgendwann wurde mir einfach kein Gehalt mehr überwiesen. Er drückte mir Schecks in die Hand, mit denen ich später am Schalter der Bank einem kopfschüttelnden Bankmitarbeiter gegenüberstand. Und so wurde ich fortan in

Schallplatten, CDs und T-Shirts bezahlt. Meine Kreativität war gefragt, denn ich musste dieses Zeugs zu Geld machen um Miete, Bier und Benzin zu zahlen. Mein Boss mit den blauen Haaren blieb mir aber dennoch ein großes Idol. Es beeindruckte mich doch sehr, wie sehr er sich mit einer eigenen Idee und diesem Outfit eine Existenz aufgebaut hatte. Er schlurfte lässig durch Pfullingen und scherte sich nicht im Ansatz um das Geschwätz und die Blicke der Leute. Er hatte Unterarmtätowierungen zu einer Zeit, in der im Grunde gerade mal das Arschgeweih erfunden war, und war mit vielen Dingen in Sachen Mode, Stil und Ansichten um Jahre voraus. Der Kerl lebte vegan. 1995.

Geschäftspartnern, die nach der dritten unbezahlten Mahnung mit dem Anwalt drohten, drohte er Schläge an. Seinen Jaguar parkte er beim Besuch von Punkkonzerten aus Angst vor Kratzern und Beulen drei Straßen vom Club entfernt. Issi beeindruckte mich und ich wollte irgendwann genau das schaffen, war es tat: aus einem Traum eine Idee machen und ein Geschäft.

Zunächst musste ich aber diese Gehälter aus Vinyl und Textil zu Geld machen und packte meinen Fiat Uno bis unter das Dach voll mit Tonträgern. Für fast zwei Jahre war ich nun mehrmals die Woche auf Konzerten unterwegs. Ich kannte alle Jugendhäuser,

Kulturzentren und Clubs im Süden der Republik und fand ganz ohne das noch nicht erfundene Navigationsgerät doch meistens ans Ziel. Ich quälte die 45 PS durch Süddeutschland, baute meine Tapeziertische auf, stellte die Plattenkisten darauf und verscherbelte den »Stuff« an Punks, Hardcorekids und schräge Menschen, die sich ebenso wie ich in einem Paralleluniversum bewegten. Mir wurden die Platten gestohlen und ich stahl sie wieder zurück. Wir bewegten uns eben. Zweimal schlief ich am Steuer meiner Dealerkarre ein. Zweimal hatte ich Glück. Ich landete zentimetergenau zwischen den Obstbäumen irgendwo zwischen Ravensburg und Karlsruhe, und die Plattenkisten verfehlten bei der Vollbremsung im Stile von Kanonenkugeln nur knapp meinen Nacken.

Die Finanzierung meines recht einfachen Lebens funktionierte irgendwann recht selbstverständlich. Ich hatte also entweder relativ viel Bargeld in den Hosentaschen oder gar keines. Genauso gab ich das Geld auch wieder aus. An guten Tagen gab es Falafel beim Türken im Stuttgarter Osten, an schlechten Tagen lud ich mich bei Freunden ein, kochte Reis oder irgendwelche Fertiggerichte. Ich lebte nach dem Vorbild meines Chefs streng vegan, tat dies aber so unüberlegt und planlos, dass sich mein Speiseplan auf größtenteils nährstofflose Beilagen beschränkte, die

meine Haare dünn und mein Körper blass und dürr werden ließen. Ich war ein langer, schlaksiger Punk, ein netter Kerl ohne jeglichen Plan, aber dafür mit einigen Träumen. Ich war auf einer Suche und dabei verplant.
Beim Abstellen meines Fiat Uno, um am Automaten Zigaretten rauszulassen, vergaß ich die Handbremse zu ziehen. Der Italiener rollte rückwärts ungebremst in das Schaufenster einer Videothek. Ich hatte die Versicherungsbeiträge für die Teilkasko nicht bezahlt, und meine Mama rettete mich mal wieder. Wäre ich eine junge hübsche Frau gewesen – sagen wir so Anfang zwanzig –, ich hätte mich für diesen Denis nicht sonderlich interessiert. Ich hätte, wenn überhaupt, etwas Mitleid gehabt und ab und an ein wenig über ihn gelacht.

## 1989. EINE LEHRE

Ich bin mittlerweile 44 Jahre alt und träume noch heute von Druckplatten und Belichtungsgeräten. Ich wache nachts schweißgebadet auf und habe den Geruch von Entwicklungsflüssigkeit und Fixierbädern in der Nase, sehe einen Lehrmeister mit hochrotem Kopf vor mir stehen, der mich zusammenfaltet.

Ich weiß nicht mehr genau, wie ich überhaupt in diese Offset- und Buchdruckerei kam, aber irgendwann stand ich mit diesem Zettel vor meinen Eltern, auf dem stand schwarz auf weiß, dass mir das Arbeitsamt Reutlingen eine Ausbildung zum Werbetechniker oder alternativ Druckformhersteller empfiehlt. An beiden Berufsbildern hatte ich nicht das geringste Interesse. Alle Bewerbungen, die ich an Werbetechnik-Firmen schickte, kamen, wenn überhaupt, um eine Absage ergänzt zurück, und am Ende blieb eine einzige Druckerei übrig, die mich und meinen Realschulabschluss mit dem Notendurchschnitt 3,4 als Lehrling in Erwägung zog und zum Gespräch einlud. Ich saß vor dem Mann und hätte ihm gerne gesagt, dass ich ohnehin einmal Radprofi werden würde. Oder Hardcoresänger. Oder irgendwas mit Tieren. Aber ich erklärte ihm zumindest einigermaßen verständlich, dass mich das Druckgewerbe und das Verlegen von diesen gottverdammten Gemeindeblättern und Kirchenbüchern sehr fasziniert. Durch viel Charme meiner Mutter, etwas Bitten und Betteln, bekam ich den Job und startete eine Ausbildung zu einem Beruf, den es schon damals, 1989, eigentlich gar nicht mehr gab.

In diesen drei Lehrjahren kämpfte ich mit mir selbst und einer Sache, die mir schwerfiel – der permanent präsente Gedanke, dass dies nun mein Beruf für mein restliches Leben sein sollte, machte mich fix und fertig, aber ich stellte es nie infrage. Ich stempelte um 7 Uhr 30 Uhr ein und 17 Uhr aus. Dazwischen zählte ich die Minuten, schaute verträumt aus dem Fenster und war peinlich neidisch auf meine Kumpels, die ihr Abitur machten oder studierten.

Etwas Abwechslung waren die beiden Tage in der Berufsschule. Ich saß dort in der letzten Reihe, neben Boris, einem komplett in schwarz gekleideten Death-Metal-Fan, der sich seine Haare an den Seiten abrasiert hatte und Nasenringe trug. Das war 1989 durchaus noch eine echte Rebellion. In einer Zeit ohne webfähiges Smartphone zeichneten Boris und ich im Prinzip drei Jahre lang Skizzenbücher voll mit Metal-Schriftzügen, Totenköpfen, Tattoovorlagen und morbiden Gestalten anstatt auch nur einmal etwas Sinnvolles zur Drucktechnik und der Reprografie beizutragen. Wir fanden uns gegenseitig unfassbar cool, den Rest der Klasse gemeinsam unendlich langweilig. Und die wiederum uns vermutlich sehr, sehr lästig.

Der Lehrer, ein sehr britisch gekleideter Herr Ende 40, gab uns am letzten Tag der Ausbildung mit auf den Weg, dass wir beide die schlechtesten und uninteressiertesten Schüler seiner 20-jährigen Karriere gewesen seien. Wir schauten uns an zogen die Schultern hoch. Wir waren nicht überrascht.

## 1993. DAS JUGENDHAUS

Das Jugendhaus in Ohmenhausen, einem Ortsteil von Reutlingen, wird mir in ewiger Erinnerung bleiben. Ziemlich genau dort – vom Jugendradrennfahrer zu einem orientierungslosen Punk. Dieser Kellerclub in der Mitte des Ortes war für einige Jahre an sieben Abenden der Woche ein Treffpunkt für junge Menschen, die in einer Zeit ohne Computer, Internet und iPhone8 einfach unendlich viel Zeit für unnütze Dinge hatten. Mir kam dieser Treff wie ein geschlossenes System vor, wie ein kleiner Staat, der eigene Regeln hatte oder eben gar keine Regeln – das war die Regel Nummer eins.

Ich weiß nicht warum und wie es funktionierte, dass dieser Haufen aus stinkfaulen Heranwachsenden es schaffte, dass dieser Raum in einem zumindest akzeptablen hygienischen Zustand blieb, dass die Kühlschränke tatsächlich Getränke enthielten und nach verheerenden Partys der Müll entsorgt wurde. Das wirklich Erstaunlichste an diesem Laden war jedoch die Vielfalt der Leute, die sich dort herumtrieben, sich teilweise lieb hatten und sich gelegentlich aus Launen heraus hemmungslos gegenseitig verprügelten. Wer dieses Jugendhaus betrat, stand klaren Verhältnissen gegenüber, es gab linke Punker mit bunten Haaren und Lederjacken mit Hunderten Aufnähern und Bemalungen. Auf dem Rücken stand »The Exploited«, darunter »Ausrotten« und bei einem anderen »Abstürzende Brieftauben« oder »Slime«.

Politisch eher uninteressiert waren die Metaller, die sich umso mehr um die Wahl der Musik stritten, die im Club laufen sollte. Es gab Death-Metaller, Crustcore-Typen und Black-Metaller, die man grundsätzlich eher dem rechten Lager zuordnete.

Wie aus dem Nichts gruppierten sich dann mehr und mehr der sogenannten Psychobillies in der ohnehin schon bunten Runde, lustige Gesellen, die viel Alkohol tranken, viel tanzten und unfassbar aggressiv sein konnten. Und sie verstanden sich ganz gut mit den klassischen, rechten Skinheads, die das Jugendhaus auch für sich und am liebsten nur für sich beanspruchten. Keiner hatte den Mut, etwas dagegen zu unternehmen.

Kompliziert war dieses Gefüge ohnehin, ein Haufen von noch nicht unbedingt gefestigten Identitäten. Linke Punker blieben nicht, was sie waren, sondern rasierten sich die gelben Irokesen einfach unvermittelt ab, wechselten die Kleidung und waren innerhalb von nur wenigen Tagen plötzlich lupenreine Skins. Statt »Polizei, SA, SS« riefen sie nun volltrunken »Deutschland den Deutschen«.

Als der umstrittenste rechtsradikale Besucher unseres Jugendhauses, der ehemalige Schlagzeuger der Neonazi-Band Endstufe, dann mit einigen Punks zu-

sammen ein Konzert der Punkband Wizo besuchte, dort Pogo tanzte und mitfeierte, brach für mich eine Welt zusammen.
Im Wirrwarr der Subkulturen aus Skins, Punks, Vespa-fahrenden Psyches und Speed-Metal-Bauern suchte ich mir meinen Platz in einem kleinen Genre der Independent Music und verschrieb mich – bis heute übrigens – dem New York Hardcore. Der Style, der Beat, die Gitarren, die Texte und das ganze Outfit gefielen mir. Ich legte mir ein Äußeres zu, dass eigentlich viel zu tough für mich war, mir aber Sicherheit gab und mein eher schüchternes Wesen schützte.

Das Jugendhaus in Ohmenhausen war also mein Tor zu einer neuen Welt, zur letzten großen Stufe des Erwachsenwerdens und zum ersten echten Kontakt zu Mädels. Der Radrennsport hatte mein Interesse an Mädchen etwas verzögert, aber jetzt, mit Bier in der Hand und filterlosen Gitanes im Mundwinkel, wurde ich locker und flirtete mit den Freundinnen der Psychobillies. Letztere fanden das nicht unbedingt gut. Eine Gefahr war ich indes nicht – meine Coolness wurde nicht erkannt. Das lag übrigens auch an der Wahl meines Autos. Ich fuhr nämlich das, was ich von meinen Eltern zugewiesen bekommen hatte, und was mein Opa als Kredit vorgestreckt hatte: besagten gebrauchten Fiat Uno in einem unsexy Mittelblau. Die Sitze im gleichen Blau wie die Außenlackierung. 45 PS unter der Haube. Die Konkurrenz fuhr zu jener Zeit Golf GTI 1 mit diversen Anbauten, tiefergelegt und leistungsoptimiert. Es standen also 45 PS neben 110 PS.

Ich träumte davon, das Psychogirl mit den rotgefärbten Haaren und der Bomberjacke zu küssen und trank billiges Bier mit Skins, Punks und Metalheads. Mein Job in der Druckerei war derart frustrierend, dass ich stets den Abenden im »Räumchen« entgegenfieberte. Immer öfter kam ich direkt vom Tresen zum Arbeitsplatz, stand mit halboffenen Augen am Druckplattenkopierer und wünschte mich einfach nur weit, weit weg von diesem Ort.

Der Zufall wollte es, dass mich die Druckerei loswurde und ich die Druckerei. Dass einer wie ich klassisch, direkt vom Fleck weg abgeworben wird, war die eigentliche Sensation und das vielleicht höchste Glück in meinem ganzen bisherigen Leben. Herr Fink Junior dachte vermutlich – nein: ganz sicher –, dass er froh wäre, wenn dieser Denis Wischniewski endlich seinen Frieden gefunden hätte – bei und in was auch immer! Der vielleicht, nein ganz gewiss, unseriöseste und flegelhafteste Kunde der Druckerei Fink GmbH in Pfullingen war We Bite Records. Dieses Plattenlabel, spezialisiert auf Punkrock und Hip-

Hop, ließ seine DIN-A5-großen Mailorderkataloge genau in der Druckerei drucken, in der ich malochte. Dass nun über ein und den selben Druckzylinder christliche Einladungskarten der Neuapostolischen Kirche, der mein Chef angehörte, liefen und Werbeflyer für satanistische Punkbands aus Norwegen, fand ich unheimlich skurril. Ich zog den Mailorder-Katalog allmonatlich gierig von der Auslage der Falzmaschine und stöberte während der Arbeitszeit durch die Welt der Platten und CDs der Antichristen, Anarchisten und Verweigerer. Der Boss von We Bite Records fuhr hin und wieder selbst bei unserer Druckerei vor. Im Jaguar und meist dann, wenn er meinem Chef, Herrn Fink Junior, erklären musste, wieso der Scheck mal wieder nicht gedeckt war oder die Mahnung ignoriert worden war. Da standen sich Anzug mit blütenweißem Hemd und amerikanische Workwear-Pants in XXXL gegenüber. Ich fand das große Klasse und hatte enorme Sympathien für die unbezahlten Rechnungen.

Der Chef von We Bite Records, diesem Plattenlabel, das ich wie bereits erwähnt schlicht vergötterte, schlurfte also durch die Druckerei, um den Druck seiner Kataloge abzunehmen oder seine Mahnungen zu rechtfertigen, blieb für einen Smalltalk bei mir stehen und meinte ganz nebenbei, dass er nicht verstünde, was ich denn hier eigentlich mache und ob es nicht spannender für mich wäre, in seinem Unternehmen anzufangen. Unternehmen? Es war ein Haus im Zentrum von Pfullingen. Drei Stockwerke voller Vinyl, Merchandise-Artikeln und drei, vier völlig verstrahlten Angestellten. Dort sollte ich also anfangen. Dort sollte mein neues Leben beginnen.

Die Qualität meines neuen Jobs war um ein Vielfaches gestiegen. Ich wurde vom einen zum anderen Tag vom Druckplattenkopierer und Falzmaschinenbediener zum Grafikdesigner. Ich bekam einen Crashkurs in einem der ersten Computer-Layout-Programme, Quark-XPress, und durfte Plattencover designen, T-Shirt-Drucke entwerfen und Bestellungen verpacken. Mein Gehalt war zwar nur noch halb so hoch, aber ich entwickelte eine Kunst, damit zu überleben.

Es wurden zwei bunte Jahre. Mein Boss, Thomas Issler, nahm mich mit auf Geschäftsreisen, die viel mehr den Namen »Trip« verdient hätten. Auf seiner Suche nach neuen Bands, die er unter Vertrag nehmen wollte, landeten wir an den unwirklichsten Orten, die ich mir vorstellen konnte. In einer seltsam melancholischen Kleinstadt in den Niederlanden besuchten wir backstage die Kultpunkband GBH, die sich allerhand Drogen einwarf und mit Whisky nachspülte. Es wurde eine Nacht, die wie ein sich immer schneller dre-

hender Kreisel Fahrt aufnahm. Monate später kam tatsächlich das Album »Punk Junkies« von GBH bei We Bite Records heraus.
Doch auch in der Musikindustrie änderten sich die Zeiten, und mein Boss verlor irgendwann den roten Faden und sein Geschäftsmodell. Einen Sommer lang fuhr ich mit zwei Arbeitskollegen in einem alten VW Bus quer durch die Republik, um auf Open-Air-Festivals Platten zu verkaufen. Unsere Arbeitsplatzbeschreibungen wurden radikal uminterpretiert. Wir quälten die 50 PS über die Autobahnen, tranken Bier am Steuer und gaben im Stile einer Drückerkolonne montags das Bargeld bei Thomas im Büro ab, der es ganz bestimmt nicht auf die Bank bringen wollte. Aber musste.

## DAS WIESO? WHY?

Die Idee, von München aus möglichst weit zu laufen, kam mir plötzlich. Ich weiß nicht, wann und wo genau, aber ich weiß, dass es einfach da war und ich nicht lange zögerte, sondern eigentlich direkt losrennen wollte.
Falls ich überhaupt eine wirklich uneingeschränkt gute Eigenschaft haben sollte, dann ganz sicher, dass ich all meine Ideen in einem unbedingten Willen möglichst schnell erleben möchte. Dass mir die Qua-

lität der Realisierungen dabei oft egal ist, mag die schlechteste meiner Eigenschaften sein.

Zunächst war mir nicht klar wohin, aber ich wusste, dass es mindestens zwei Monate sein sollten. Es sollte mindestens so lange sein wie echte Sommerferien. Es sollte ein Gefühl der Freiheit sein. So wie diese Sommerferien früher. Als Kind. Diese sechs Wochen waren gefühlt eine Ewigkeit. Die erste Ferienwoche war vorüber, dann die zweite und noch immer standen vier ganze Wochen auf der Guthabenseite. Die freie Zeit zwischen den Schuljahren war fast so lange wie ein ganzes Jahr auf der Schulbank. Das wollte ich spüren bei meinem Lauf – die Länge dieser Zeit, die Länge des Laufens. Eine epische Länge. Ich überlegte mir eine Route nach Spanien, nach Portugal, hinauf in den Norden, nach Polen zu meinen familiären Wurzeln und nach Moskau, weil sich das so weit weg anhört. Und dann sah ich ein Luftbild von Istanbul. Einfach so. Beim Googeln. Und ich dachte nach. Über Istanbul. Über die Türken. Und den Weg von hier bis nach Istanbul. Das war es. Die Idee hatte mich in ihren Greifarmen.

Wenn ich schon so lange unterwegs sein würde, dann sollte das Ziel auch ganz besonders sein, etwas markieren, etwas symbolisieren. Istanbul steht für vieles ...

Die Grenze nach Asien, das Ende Europas, eine Stadt, die gespalten ist, vielleicht sogar das Land spaltet, in dem sie sich befindet. Und ganz gewiss ein Ziel, das unglaublich anders ist als der Ort, an dem ich starte. München – Istanbul. Der Vergleich, die Unterschiede, die Kontraste.

Der vielleicht erste große Gedanke, nachdem ich diese Route für mich festgelegt hatte, war Ali, ein Junge, der in der zweiten oder dritten Grundschulklasse neben mir saß und – anders als heute – fast kein Deutsch sprach, obwohl er in Deutschland geboren war. Ich erinnere mich an den Tag, an dem wir, kurz vor Beginn der Sommerferien, erzählen sollten, wo wir unseren Urlaub verbringen würden. Und Ali sprach über eine Autofahrt, die ihn und seine fünf Geschwister bis in einen Vorort von Istanbul bringen sollte. Eine Fahrt über mehrere Tage, in einem Ford Taunus. Unvorstellbar lang. Für mich war die jährliche Fahrt nach Jugoslawien schon eine Weltreise. Dass jemand mit dem Auto von Reutlingen bis in die Türkei fuhr, stand schlicht nicht auf meiner Liste der Dinge, die möglich waren.

Dass meine nun geplante Laufstrecke zudem eine politische Brisanz hatte, war mir bewusst. Ich würde mich auf weiten Teilen der Balkan-Flüchtlingsroute bewegen, was mich in meinem Vorhaben sehr viel mehr bestärkte. Der Begriff »Balkan-Route« war für mich eine Hülse, ein Wort, das Claus Kleber und Gundula Gause erfunden hatten. Ich konnte mir nichts darunter vorstellen.

Ich hätte in diesem Sommer 2016 einen Fernwanderweg in den USA, in Patagonien oder Spanien ablaufen können. Ich hätte eine ähnlich lange Strecke in Neuseeland laufen können. Es hätte Hunderte oder Tausende landschaftlich attraktivere Alternativen gegeben, aber diese Querung, runter nach Istanbul, dieser Balkan, der auf mich fremd und irgendwie auch grob wirkte, war genau das, was ich wollte. Die Türkei als letztes Ziel war erstaunlich logisch für diesen einen Lauf meines Lebens.
Die Türkei ist für mich das Land, das uns Deutschen eigentlich am nächsten ist, irgendwie. Nicht Mallorca.

## 1985. SOMMERFERIEN

Wir fuhren in diesem Jahr nicht nach Jugoslawien. Wir verbrachten die Ferien diesmal zu Hause. Ich erinnere mich an diese heißen Sommertage in unserem Tal, das Schloss auf dem Fels, ein paar kleine Wolken und das satte Grün des Waldes, dem sich der blaue

Himmel nahtlos anschloss. Die Ruhe wurde durch das sich ständig wiederholende Rauschen der Autos und Lastwagen unterbrochen, die durch das Dorf schossen. Einmal am Tag zog ich meinen Kopf ein, wenn ein Kampfjet nur wenige Meter über die Hausdächer schoss und Sekunden später ein irrsinniges Grollen des Überschalls mein Herz vermeintlich zum Stoppen brachte. Nur wenige Kilometer von meinem Wohnort entfernt lagerten Atombomben. In mancher Nacht rollten Konvois der Bundeswehr durch Unterhausen. Die Fracht hätte eine halbe Welt zerstören können.

Die Daheimgebliebenen – mein Cousin Michael, der Nachbarsjunge Uwe und ich – machten aus den Ferien das Beste, was möglich war. Uwe und Michael kannten Urlaube an Stränden im Süden nicht. Sie mussten, wenn überhaupt, mit ihren Eltern zum Wandern in die Berge. Ich hatte das Gefühl, dass Kinder, die aufs Gymnasium gingen, eher Wanderurlaube machten. Kinder wie ich, die sich auf niedrigerem Schulniveau bewegten, wurden durch Strandurlaub, Zuckerzeugs, Softeis entschädigt. Meinen Eltern waren Kultur, Geschichte und all diese Dinge eher egal. Sie wollten in ihrer freien Zeit entspannen, rauchen und dabei gut aussehen. Wenn am Ende dann noch eine ordentliche Bräune dabei rauskam, war es ein perfekter Urlaub. Die Sommerferien 1985 wurden von meinem BMX-Rad getragen – silberfarbener Rahmen, roter Hartplastiksattel und ein geschwungener Schriftzug: Mars. Es war sozusagen der rollende Mittelpunkt in diesen Wochen, es rollte mit mir quer durch das Dorf, weihte die neue BMX-Bahn ein, und ich fühlte eine Freiheit auf diesen 19 Zoll wie nie zuvor.

Mein Cousin und ich bekamen Handgeld von unserer Oma, rannten in den Krämerladen und kauften genau so viel Wassereis, wie in diesen 10-Mark-Schein hineinpasste. Dann saßen wir auf dem heißen Asphalt und lutschten uns ohne jegliches Zeitgefühl durch die drei verschiedenen Geschmacksrichtungen.

Wenn die Mittagshitze ihren Höhepunkt erreichte, verkrochen wir uns in das verdunkelte Wohnzimmer, wählten unter den insgesamt vier Programmen – ARD, ZDF, Drittes und der grau-krisseligen Schweiz – das Zweite Deutsche Fernsehen, um dort für ungefähr zwei Stunden die fantastische Welt des Sommerferienprogramms anzusehen. *Anke und das Walross*, *Captain Future und sein fliegendes Gehirn* oder *Luzie, der Schrecken der Straße*. Ein toughes Girl übrigens, in Cordhosen und mit Spagettihaaren, die in tschechischen Neubauwohnsiedlungen die Sommerferien mit zwei sprechenden Knetfiguren verbrachte. Die Option, länger als diese zwei Stunden vor der Glotze zu sitzen, gab es nicht – das Kinderprogramm war zu Ende und wir mussten auf den nächsten Tag oder *Ein Fall für zwei* am Abend warten.

Das ganz bestimmt Beste an diesen Ferien war aber Hockey. Und das selbstgemachte Eis meiner Tante. Wir spielten tagelang auf der Anliegerstraße vor unserem Haus Hockey. Der Puck war ein Tennisball, unser Held Erich Kühnhackl, die Schläger waren billige Eishockeyschläger aus dem Spielwarenladen der nächsten großen Stadt, die schnell zerbrachen und eisern von uns mit Klebeband am Leben erhalten wurden. Unsere Tore nagelten wir selbst aus alten Holzlatten zusammen. Von früh bis spät spielten wir auf der Straße, im Wald, unten im Dorf gegen andere Jugendgruppen. Es entstanden so ganze Turniere in Tennis, Hockey und Fußball – alles improvisiert in den kleinen Straßen. Es gab Urkunden, aus Ton gebastelte Medaillen und Holzpokale. Wir waren so sehr mit uns selbst beschäftigt, dass wir kaum wahrnahmen, dass unsere Eltern arbeiteten und wir nicht am Strand lagen oder in den Alpen wandern durften.

Alle paar Tage gab es Zoff. Des Öfteren war ich beleidigt, weil ich als Jüngster unserer kleinen Gang meist auch bei den Spielen verlor. Die beiden anderen zogen mich auf, ich stieg darauf ein und verkroch mich für einige Stunden in meinem Zimmer, um anschließend mit einem grimmigen Gesicht plötzlich wieder vor den anderen zu stehen, die froh waren, dass sie wieder einen potenziellen Verlierer in ihren Reihen hatten.

Nur zwei Jahre später war unsere Kindheit vorüber. Die großen Ferien 1987 begannen wie immer, aber die Straße blieb leer. Michael interessierte sich nun für Mädels und den CVJM, Uwe hatte einen echten Oberlippenbart bekommen und ich fuhr mit meinem ersten Basso durch die Gegend – die Straße war uns allen zu klein geworden. Wir trafen uns noch einmal, ganz bewusst, nahmen die alten Hockeyschläger in die Hände, suchten im Wald nach Abenteuern und merkten nach weniger als einem halben Tag, dass das Feuer unserer Kindheit erloschen war. Der Spieltrieb war fort.

## 2009. DIE WÜSTE

Ich war kaum ein richtiger Läufer geschweige denn ein Extremsportler, da begab ich mich von jetzt auf gleich zu einem legendären Lauf – in den heißen Sand. Ich war im Stile der Jungfrau, die zu einem Kind kommt, beim Wüsten-Etappenlauf Marathon des Sables angemeldet. Ein großer Sportartikelhersteller war auf mein kleines, aber beachtetes Onlinemagazin TRAIL aufmerksam geworden und lud mich als Journalist, neben Leuten von *Runner's World* und einigen wichtigen Menschen aus dem Sportfachhandel, zu diesem verrückten Wettkampf in die Sahara ein. Ich war schon alleine mit den bloßen Fakten in ein Duell geraten: sieben Tagesetappen, jeweils um die Marathondistanz, eine 90-Kilometer-Etappe, die durch die Nacht führen würde ... und keinerlei Unterstützung bis auf streng rationierte Portionen Wasser. Ich fühlte mich also schon während der Vorbereitung zu Hause wie ein Held, einer, der in den Krieg ziehen würde. Das alles fühlte sich unfassbar martialisch an, grob, wild und weit entfernt von allem, was ich kannte. Klar, es war Sport, aber es war anders. In der Vorbereitung rannte ich durch tiefen Schnee, trabte Sonntagfrüh um 4 Uhr 30 rund um den Starnberger See, blätterte in Survivalbüchern und befasste mich intensiv mit allen Schlangenarten in den Wüsten dieser Welt. Ich stolperte über die Geschichte eines italienischen Teilnehmers, der in einem Sandsturm von der Route abgekommen, in eine falsche Richtung gerannt und erst nach Tagen ausgehungert und dehydriert gefunden worden war. Ich möchte an dieser Stelle anmerken, dass diesen Lauf in über 30 Jahren rund 20.000 Leute gesund und relativ vital finishten.

Und so saß ich auf dem Zimmer in einem sehr guten, nach meinen Erfahrungswerten unfassbar guten Hotel am Pariser Flughafen mit einem fremden Mann, der sich in der exakt gleichen Situation wie ich befand. Jörg war Turnschuhverkäufer und verkaufte diese Schuhe so gut und zahlreich, dass sie ihn zur Belohnung in die Wüste geschickt hatten. Er hatte ähnlich wenig Erfahrung mit Nordafrika, mit Giftschlangen, Berberzelten und Etappenläufen wie ich. Eines hatte ich Jörg voraus – ich wusste, wie man 100 Kilometer am Stück läuft und sich im Gelände abseits von Asphalt zu bewegen hatte. Jörg war Straßenläufer, ein sehr schneller, aber vielleicht weniger outdoorbewandert als ich. Von der ersten Minute unseres Zusammentreffens klammerten wir uns geradezu aneinander, ein Schutzreflex, eine Angstreaktion unter erwachsenen Männern, die Kinder und Frau zu Hause hatten. Ein groteskes Bild.

Wir kamen in Marokko an, sie karrten uns zum Start und wir hockten tagelang in einer Art Ferienanlage, um uns von dort aus die heftigsten Regengüsse der vergangenen Jahrzehnte in dieser Region anzusehen. Einige Teilnehmer verdarben sich bereits dort den Magen und verloren jegliche Substanz, die sie für das Rennen gebraucht hätten. Was eigentlich heiß und staubig und trocken sein müsste, war nun ein reißender Fluss. Und der Grund, dass der Start verschoben wurde. Die Hitze, die ich mir für meinen künftigen Heldenstatus herbeisehnte, kam dann doch noch und ich lief die erste Etappe. 900 bunt bekleidete Menschen aus über 50 Nationen rannten los, viele davon in skurrilen Outfits, die ich so von keinem der bisherigen Läufen kannte – sie schützten sich mit Tüchern, riesigen Schutzbrillen und literweise Creme gegen die Saharasonne.

Auch ich bemerkte nach den ersten 100 Metern, wie mühsam und lästig diese 14 Kilogramm auf dem Rücken waren, wie sie auf die Knie drückten, die Oberschenkel herausforderten und die Schultern nach unten zerrten. Nach vier Kilometern überholte mich Marco Olmo, der UTMB-Sieger, mit kleinem Gepäck und diesem routinierten Schritt, dem Schritt, der mir sagen sollte, dass man genau so läuft, wenn man weiß, was man hier tut.

Ich kam aus dem Staunen nicht heraus, über mir kreisten die Helikopter von Eurosport und machten aus diesem MDS ein Medienspektakel. Es fühlte sich riesengroß an und ich spürte, dass ich in diesem Moment das tat, was ich wollte. Ich wollte hier sein, nur hier und ein Teil dieser Sache werden.

Am Nachmittag kam ich im Tagesziel an, verkroch mich im offenen Zelt, das wir uns zu dritt teilten. Jörg, Dennis der Däne, der noch nicht einmal im Ansatz über die notwendige Fitness verfügte, um hier mitzulaufen, und ich. Die Leiden und Qualen von Dennis stellten all das, was Jörg und mich beschäftigte, locker in den Schatten. Der Kerl bewegte sich eine ganze Woche lang, bei äußerlich bester Laune, im Delirium, hatte offene Blasen, humpelte wie ein Greis und kam jeden Tag erst lange nach uns im Ziel an, was seine Erholungsphasen natürlich sehr verkürzte. Unsere Zeltgemeinschaft wurde zu etwas Besonderem, die Gespräche wurden vertraut und wir beredeten Dinge, die man im sonstigen Leben nicht mit Zeitgenossen bespricht, die man erst vier oder fünf Tage kennt. In so mancher Nacht lag ich zusammengefaltet in meinem Ultraleicht-Schlafsack, blickte hinauf in einen Sternenhimmel, den es so nur in der Wüste zu bewundern gibt, und weinte. Es war ein Weinen vor Glück, vor Erschöpfung, vor Demut, vor etwas Heimweh und der völligen Begeisterung. Am vorletzten Tag führte mich die 90-Kilometer-Etappe an bis dahin nicht gekannte Grenzen, ich kam in die Nacht, meine Kräfte waren aufgebraucht und ich wankte in Schlangenlinien durch eine Landschaft aus Stein, Fels und Dünen. Am Horizont entdeckte ich das beleuchtete Ziel und ballte meine rechte Faust, aber es wurden die längsten zehn Kilometer meines bisherigen Lebens.

Wer denkt, dass zehn Kilometer immer nur zehn Kilometer sind, der täuscht sich. Es gibt zehn Kilometer, die man von zu Hause weg ganz lässig runterrennt, an einem Sonntagmorgen, und dann nach 45 Minuten frisch und weitgehend unbeeindruckt wieder daheim ankommt. Und es gibt ebensolche zehn Kilometer wie diese, in dieser Nacht, die nie aufhören, die man sich in seiner Verzweiflung einteilt und in 50-Meter-Intervallen abwechselnd geht und läuft und geht und läuft.

Nach über einer Woche durfte ich mir die begehrte MDS-Medaille von Rennchef und MDS-Gründer Patrick Bauer um den Hals hängen lassen. Er nahm mich, wie all die anderen 850, herzlich in die Arme und befreite mich damit von den Tagen der Hitze und einiger Entbehrungen. Wir wurden in Bussen aus der Wüste hinaus in den nächstgelegenen Ort gefahren. Niemand redete, alle waren still. Jörg und ich lagen völlig unvermittelt, wie vom Himmel herabgeworfen, in einem riesigen Hotelzimmer, tranken ein eiskaltes Bier und duschten uns den Sand vom Körper, der sich über Tage hinweg seinen Weg in alle Winkel gesucht hatte. Ich trennte mich von Dennis und Jörg am Flughafen so, wie wir uns trafen. Ich hatte nie wieder Kontakt zu den beiden.

## 2015. DIE SCHWEIZ

Mein Vater liebte Davos, und für mich war Davos immer etwas, was mit meinem Vater zusammenhing.

Überhaupt war die Schweiz immer ein Thema in unserer Familie, weil die Firma, in der mein Vater fast 50 Jahre arbeitete, ihren Hauptsitz in der Schweiz hatte. So ergab es sich, dass mein Vater, noch bevor ich geboren wurde, einige Zeit in der Schweiz arbeitete. Meine Eltern bestellten Instanttee aus der Schweiz, mein Vater bestellte mir mit Freude Ovomaltine anstatt heißen Kakao, wir bejubelten Pirmin Zurbriggen, wenn dieser sonntagmittags im ZDF den Hang hinunterschoss, und einmal pro Jahr fuhr mein Vater mit Freunden für eine ganze Woche zum Skisport nach Davos. Ich hatte den Eindruck, dass es nur in der Schweiz Berge gab, nur in der Schweiz richtig viel Schnee lag und nur in der Schweiz die Alpen die Alpen sind. Man könnte sagen, dass die Wischniewskis so etwas wie Schweiz-Fans waren. Es fühlte sich elitär an, und in der Schule betonte ich etwas mehr als sonst, dass wir in den Skiferien gewesen waren – in der Schweiz!

Würde man mich heute fragen, was denn eine ganz krasse Laufkiste für mich war, könnte ich einige Karten ausspielen. Ich könnte mit der Sahara, dem Yukon oder einer Wüste in Jordanien prahlen. Ich könnte sagen, dass ich in den Rocky Mountains gelaufen bin, aber in Wirklichkeit bin ich zum wahren Trailrunner und Ultramann in Graubünden geworden. Ich nehme den Begriff Extremsport ja wirklich sehr ungern in den Mund, aber die Sache in Graubünden war schon sehr außergewöhnlich, schon sehr extrem und dabei lang und kalt – um es zu vereinfachen: hart!

Was ist schon hart? Ein Bahnläufer würde wohl sagen, dass seine Kollegen, die den Hindernislauf laufen, hart sind, und die 3.000-Meter-Läufer würden sagen, dass die Marathonläufer extrem hart sind.

Ich rede aber von 210 Kilometern, 15.000 Höhenmetern und einem Rennen, das sich Swiss Irontrail nennt. Kaum einer kennt es, es steht auch nach einigen Austragungen noch immer im Schatten der bekannten Ultratrails. Die Leute sprechen vom UTMB, vom Western States Endurance Run, dem Grand Raid in La Réunion oder dem Transgrancanaria, aber nur selten von diesem mächtigen Berglauf, der in Davos startet und endet und vielleicht auch nicht das emotionale Drumherum der anderen hier genannten Läufe hat.

Ich kam nach 55 Stunden im Ziel, in Davos an. Ich lief zwei Tage, zwei Nächte, ich lief und machte dabei einfach die Augen zu. Noch niemals zuvor fühlte ich mich so sehr als Einheit mit der Strecke, der Natur und den Bergen. Ich bewegte mich weit über dem, von dem gemeinhin gesagt wird, dass Sport doch unbedingt gesund sei – ein befreundeter Sportwissenschaftler erklärte mir vor diesem Lauf, dass es am gesündesten wäre, wenn man pro Woche drei bis vier Stunden Bewegung hätte –, ich kam tatsächlich an all meine Grenzen, vor allem aber musste ich erkennen, dass es Läufe gibt, die es wert sind zu laufen, aber auch kein zweites Mal gelaufen werden müssen. Ich rannte die letzten 100 Meter durch Davos dem Ziel entgegen, freute mich auf einen lockeren Empfang, auf lobende Worte des Moderators und bekam ... nichts. Für den Augenblick war das ernüchternd, aber irgendwie auch völlig egal. Ich war im Ziel!

Im Hotel brach ich nicht körperlich zusammen, aber mental. Ich kauerte in Embryonalstellung auf dem Bett und heulte. Meine Freundin, die zur Unterstützung dabei war, muss sich erschreckt haben. So will man sich nicht seinem Partner offenbaren – schön, wenn man das kann, ohne dass dieser auf und davon rennt.

Die ganze Strecke spulte sich in meinem Kopf in wirr aneinandergereihten Fragmenten ab. Endlose Anstiege auf Höhen über 3.000 Meter, ein Wintereinbruch, dessen Kälte und Schnee mir bei Nacht in die Knochen kroch und mir Kraft entzog, und immer wieder diese Bilder, in denen ich rannte, nach Stunden und mit weit mehr als 100 Kilometern in den Beinen. Ich rannte, obwohl ich hundemüde war. Ich sehnte mich nach Schlaf, nach einem warmen Bett und wollte doch nur eines: weiterlaufen, ankommen, Finisher sein. Noch nie hatte ich mich selbst so erlebt, so sehr als jemanden wahrgenommen, der unbedingt etwas zu Ende bringen wollte. In diesem Bett, in diesem Hotel fiel alles von mir ab. Es war wie ein Buch. Ich hatte die letzte Seite gelesen und es geschlossen.

## ODE AN DEN LAUFSPORT

Laufen ist meine Liebe. Ich glaube, dass sie mir ein Leben lang bleiben wird. Auch dann noch, wenn es vielleicht, nein, ziemlich sicher, nicht mehr so richtig läuft. Ich wünsche es mir so sehr. Ich finde laufen passt zu mir, denn es füllt offenbar eine Lücke in mir, die es schon immer gab, die aber nicht sofort entdeckt wurde.

Ich kann beim Laufen ungeniert denken, belanglose Ideen einfach zulassen oder Gedanken spinnen, die im statischen Zustand nie und nimmer solch eine Entfaltung erfahren könnten. Zumeist ist es so, dass ich sehr viel und ständig beim Laufen denke, aber alles nach dem Lauf vergessen habe. Es sind Momente. Das Laufen ist eine perfekte Abfolge von genialen Momenten und ich schätze die Einfachheit. Ich verweigere mich unterbewusst dagegen, komplexe Dinge zu lernen. Schon immer. Und laufen ist simpel, brachte mir praktisch sofort Erfolge ein, ließ mich ab dem ersten Lauf um den Häuserblock besser und schneller werden. Das Gefühl, fitter zu sein, stellt sich ab dem ersten Meter ein und relativiert alles. Alle Probleme werden entlang der Strecke, auf der Distanz neu sortiert und teilweise einfach am Wegrand liegen gelassen.

Ich bin gelaufen. Manchmal nur 30 Minuten und es war großartig und hat mich durch den ganzen restlichen Tag getragen. Ein anderes Mal sechs oder sieben Stunden durch die Berge, und ich bin dabei tief eingetaucht in die Natur um mich herum und auch in mein tiefstes Inneres, denn bei solch langen Läufen stellt sich irgendwann ein Automatismus ein, der die Laufbewegung wie selbstverständlich werden lässt, man kommt voran, die Umgebung zieht an einem vorüber. Laufen ist meine eigene große kleine Welt, ein Raum, der mir gehört. Es gibt Tage, da achte ich sehr darauf, wie ich laufe, wie ich mich dabei bewege, wie ich atme und in welchem Tempo ich renne. Und es gibt Momente, da ist es so, wie es ist, da laufe ich, ohne zu denken, ohne irgendeine Last auf meinen Schultern zu spüren.
Es gibt schlaue Menschen, die mir oft sagen, dass ich nicht nur laufen sollte, dass ich auch mal andere Sportarten – Krafttraining, Yoga oder Klettern – probieren sollte, und ich denke mir, dass das absolut

richtig ist. Ich sollte mich nicht auf das Laufen versteifen. Ich will es aber, denn in der Zeit, in der ich etwas anderes als laufen tun würde, könnte ich nicht laufen gehen. Ich habe keine Zeit, nicht zu laufen.

Ich liebe den Sieg, noch mehr liebe ich es, dass es keine Niederlage gibt. Egal wie ich laufe, es geht immer gut aus. Das ist es, was mich mit einer wahren Leichtigkeit fast jeden Tag in die Laufschuhe treibt – ich habe keinen Gegner. Ich mag das Wort Gegner ohnehin nicht. Es hat im Sport nichts verloren. Ich laufe, um fit zu sein, um besser zu werden, um schneller zu werden. Und dabei gibt es, wenn überhaupt, nur einen Rivalen: Denis. Denis von gestern, Denis vom letzten Jahr. Nichts erscheint mir so fair wie das Laufen. Es gibt selten Zufälle, vieles lässt sich sicher planen und es gibt keinen Ball, der unglücklich vom Kickstiefel oder Tennisschläger rutscht.
Bei langen Läufen lassen sich sogar Schwächephasen verkraften, denn wer viele Stunden bei einem Ultratrail unterwegs ist, kann sich ein paar Minuten Auszeit oder Gehpausen locker leisten. Im Ziel, egal ob bei Wettkämpfen oder im Training, gibt es nur Sieger, echte Champions. Ohnehin ist der erste Erfolg immer der erste Schritt vor die Haustür.

## 1986. DER BODENSEE

Die Garage war für dieses Meisterwerk tabu. Ich konnte mich nicht daran sattsehen. Diese Pedale. Dieser in weinrot-metallic lackierte Rahmen, die Muffen aus Chrom, der weiße Echtledersattel mit dem goldfarbenen Beschlag an der Rückseite und überhaupt das ganze Rennrad. Es hatte seinen Platz in meinem Jugendzimmer. Es stand zwischen den bereits aussortierten Playmobilfiguren, zwischen überall über den Boden verteilten Radsportzeitschriften und Platten von ELO, Supertramp, Genesis und AC/DC. Ich wachte am Morgen auf, öffnete die Augen, sah das Basso, das Schaltwerk mit dem Shimano-600-Aufdruck und war tiefenentspannt, zufrieden, regelrecht glücklich. Mein Rennrad. Nichts auf der ganzen Welt hätte mich in dieser Zeit glücklicher gemacht als das Wissen, dass dieses Stück Technik mir gehört. Nur mir.

Ich fuhr auf dem Basso wie andere in meiner Schulklasse auf ihren Mofas. Sie konnten ihre Zündapps noch so auffrisieren – ich war schneller. Es war mir ein Spaß, am Ortsausgang zu warten, bis die Mofacrew angerattert kam, um im Konvoi die fünf Kilometer über die Landstraße zur Schule zu fahren. Sobald die Gang um ihren Rudelsführer Gerd, der eine Jeanskutte mit dem Rückenpatch »Slayer« trug, an mir vorbei war, trat ich wie ein Bahnsprinter in die Pedale, schloss innerhalb weniger Sekunden zu den Zweitaktern auf und kurbelte in der Übersetzung 53x12 hochkonzentriert, aber mit gespielt gelangweiltem Blick am dröhnenden Tross vorbei. Die Nachwuchsrocker kannten das Spielchen bereits und blieben leider zunehmend unbeeindruckt. Ohnehin war ich ein Sonderling in der Klasse. Ich war in Ansätzen der Klassenkasper, ich war ganz sicher anders. Ich spielte nicht im Handballverein, ich kickte nicht, ich war nicht im Schützenverein, ich hatte rasierte Beine und war dabei nicht schwul. Zusammenfassend: Ich fuhr Rad, der Rest Mofa. Und auf dem Mofa konnte man sehr viel besser Mädels mitnehmen als auf einem Basso.

Das Fahrrad hatte den großen Vorteil, dass ich zunehmend diese Leidenschaft mit meinem Vater teilte. Ich denke nicht, dass meine Klassenkameraden mit ihren Vätern gemeinsam mit Mofas über die Schwäbische Alb fuhren. Die Vorstellung wäre nett, aber unrealistisch. Ich jedenfalls hatte ein Hobby gefunden, das für meinen Vater in seinen frühen Vierzigern ideal war. Er hörte dadurch mit dem Rauchen auf, das er 26 Jahre lang geradezu zelebriert hatte. Alleine das war für mich großartig. Vorbei die Zeiten, in denen ich auf der Rückbank der Fiats, Lancias und Golfs nichts mehr sehen konnte vor lauter Qualm.

Im späten Sommer versammeln sich einmal im Jahr mehrere hundert sogenannte Radtouristikfahrer am Bodensee, um dort von verschiedenen Startorten aus einmal am Stück um den ganzen See zu radeln. 230 Kilometer. Kein Rennen und dennoch eine Runde, von einem Veranstalter organisiert, der für Verpflegung sorgt und die Zeit ganz offiziell aufzeichnet.

Auch wir fuhren in diesem Sommer mit einem Bekannten, der hier nichts zur Sache tut, aber durch ein schlaues Business zum schwäbischen Mittelstand gehörte und eine rahmenlose Designerbrille trug, in einem Range Rover nach Meersburg zum Start. Mein Basso in Tücher gehüllt im Kofferraum, und ich wie ein junger Prinz in diesem Wagen, der mir gigantisch groß vorkam und regelrecht über die Bundesstraße glitt.
An diesem Tag im September war es am frühen Morgen bitterkalt. Ich zog mir Ärmlinge weit über die Ellbogen, fror an den Fingern und sehnte die ersten Sonnenstrahlen herbei. Wir wechselten uns wie echte Rennfahrer in der Führungsposition ab und radelten durch den Tag. Stunde um Stunde. Von Örtchen zu Örtchen, meist mit Blick auf den See. Ich war 13 Jahre jung und an diesem Tag ein erwachsener Mann. Nach über zehn Stunden im Sattel standen wir wieder am Range Rover, der uns wie ein Raumschiff zu-

rück nach Hause brachte. Es war sicherlich einer der schönsten Tage in meinem Leben.

### *Ein Tag der Ruhe*

Ich laufe heute nicht. Ich habe frei! Falsch. Laufen ist ja nicht Arbeit. Ich laufe heute nicht. Ich ruhe mich aus. Eigentlich tu ich nix. Ich liege auf dem Hotelbett und denke mir, dass ich eigentlich heute doch laufen könnte. Das stimmt vielleicht, aber es ist klug und vorausschauend, sich einmal pro Woche Ruhe zu gönnen.

Ich denke dabei an Heiko Höger. Er fuhr mit mir Jugendradrennen und war zwei Jahre lang in unserem Club. Seine Eltern ließen ihn und seinen Bruder einfach zurück. Ich fand das damals total verrückt und alle anderen Eltern auch. Seine Eltern wanderten nach Kanada aus, er und sein Bruder blieben einfach in Nürtingen in diesem Haus. Wahrscheinlich war dies das Beste, was den Brüdern passieren konnte. Sie bekamen Haushaltsgeld, eine Putzfrau und ganz bestimmt war da doch irgendwo eine Oma, ein Onkel oder eine Tante, die nach ihnen gesehen hat. Dieser Höger war besonders.

Dieser Heiko Höger jedenfalls verbrachte ein einwöchiges Trainingslager mit unserer Jugenradrenngruppe im südfranzösischen Hyères. Nach fünf Tagen Training und gut 800 Kilometern im Sattel entlang an endlosen Küstenstraßen an der Côte d'Azur hinein ins Hinterland über Cols, Sommets, Montagnes und Passstraßen genossen wir unseren ersten Ruhetag. Wir lagen zu dritt im Zimmer des Hotels zwischen ungewaschenen Radklamotten, deckten uns mit Chips, Coca-Cola, Limo, Schokolade ein, verkrochen uns unter der Decke und zappten kichernd durch das frühe Privatfernsehen. Ich weiß noch, dass dieser Tag mindestens so gut war wie die Fahrten auf dem Rennrad selbst. Einer fehlte an diesem Tag. Heiko Höger. Er war für uns ein Kuriosum. Er hatte in einem Kultur-Reiseführer – was interessierte uns schon ein Reiseführer – eine Farm für Riesenschildkröten ausgemacht und radelte 50 Kilometer ganz alleine in eine Richtung dort hin. Am Ruhetag. Wegen dieser Schildkröten.

In Wirklichkeit ist es aber so, dass ich diesen Relax-Tag nötig habe. Es ist der vierte Tag seit nunmehr 35, an dem ich nicht laufe. Irgendwie laufe ich trotzdem. Komisches Gefühl. Ich liege auf dem Hotelbett, aber mein Körper macht weiter.

Mein Vater hat mich heute gefragt, ob mir nach all dieser Zeit denn die Lauferei nicht endlich langweilig sei. Ob ich denn nicht so langsam genug habe.
Ich bleibe eisern. Ich beharre darauf, dass ich nach wie vor jeden Tag gerne laufe. Ich lüge mir nicht in die Tasche, aber ich glaube, dass mein Vater glaubt, ich wolle nicht mehr laufen. Also nicht mehr so richtig. Stimmt aber nicht.
Ich habe mich übrigens noch nie im Leben so sehr als Läufer gefühlt. Ich bin zwar die letzten zehn Jahre immer viel gelaufen, aber diesmal ist es anders. Ganz anders. Ein Bäcker backt Brot, ein Pilot steuert sein Flugzeug, ein Immobilienmakler fährt Cabriolet. Ich laufe, weil ich Läufer bin. Ganz essenziell eben.
Ich verbringe also diesen Tag in der Nähe der Stadt Montana in Bulgarien. Skurriler Ort. Ein Hotel. Eine alte Poollandschaft an einem See. Alles rostig. Alles aus einer anderen Zeit. Nicht kaputt, aber alt. Und immer wieder dieser Eindruck, dass hier vor Jahrzehnten viel los gewesen sein muss und alles bunt und lebendig war.
Ich sagte zu meinem Vater: »Wir Deutschen glauben leider immer, dass unser System für alle anderen auch funktionieren muss. Was 'n fataler Fehler.«
Ich bleibe im Bett liegen. Bis zum Abendessen. Ich gucke *The hatefull 8* und massiere mir meine Beine mit einer sauteuren Yoga-Kräuter-Creme aus einem

Münchner Hipster-Shop. Morgen renne ich dann wieder. Mal sehen, wie weit ich komme.

*Etappe 33*

Mein Ziel wird unscharf. Ich versuche scharf zu stellen, aber es gelingt mir nicht. So einen Lauf wie diesen kann man nur schaffen, wenn man ein Ziel hat!
In den letzten Tagen habe ich mir viele Gedanken über das Ende dieser Reise gemacht und auch heute laufe ich die Etappe, habe Momente, Augenblicke, Einblicke in Umgebungen, aber es fehlt etwas. Es geht um mein Ziel. Es fehlt Istanbul. Die Politik – oder besser: die verdammte Realität – nimmt mir mein Ziel.
Ein guter Freund hat Freunde in Istanbul, gesunde Menschen, die klar bei Verstand sind und die mich mit deutlichen Worten davor warnen, aktuell in diese Stadt zu kommen. Sie selbst verlassen ihren Wohnort für einige Zeit. Was ich den Medien zur Lage dort glauben kann und soll, das weiß ich gerade schlichtweg nicht.

Ich bewege mich erst mal weiter auf die Türkei zu und erlebe ein Bulgarien, das mich verzaubert. Es gibt keinen besseren Weg, ein Land und seine Menschen kennenzulernen als auf den eigenen Füßen. In rund sieben Tagen stehe ich, wenn alles nach Plan, nach meinem Plan läuft, an der türkischen Grenze. Ob ich diese überhaupt übertreten darf, ist ohnehin fraglich. Die werden sich ganz schön wundern, wieso der Typ aus Almanya in den gelben Klamotten mit Filmteam und Begleitfahrzeug da angehetzt kommt. Sport soll ja angeblich Grenzen sprengen. Aber das würde ich den Grenzpolizisten so vermutlich nicht sagen.

Ich weiß also nicht: Was tun? Ich bin unschlüssig und das ist nicht gut. Das ist ganz und gar nicht gut. Dass mir mein Ziel unsicher ist, sich vor den Augen auflöst, ungreifbar wird, dass es am Ende sogar richtig gefährlich sein kann, raubt mir viel Energie. Istanbul ist von Beginn an, seit diesem 12. Juni in München, mein großer Motivator. Istanbul ist nicht nur eine Stadt, es ist auch mein Rückenwind gewesen.

Nun gut. Ich warte ab. Ich habe eine ganze Woche, um zu entscheiden. Vielleicht weiß ich auch schon, wie genau meine letzte Etappe aussehen soll.

Georgi. Auch heute ist er wieder für sechs Stunden mein Begleiter. Es ist kurzweilig. Hier und da verlieren wir sogar völlig den Blick für das Drumherum und benehmen uns wie Jugendliche auf Klassenfahrt. Wir diskutierten bei hohem Lauftempo in Richtung der Stadt Roman über Softpornos der 90er-Jahre, über Trail-Schuhe (das tun wir seit drei Tagen), über EU-Fördergelder und wo sie denn so hinfließen, und über Franz Beckenbauer. Plötzlich, aus dem Nichts heraus, ist Franz Beckenbauer da. Wir fragen uns, wieso ein Sportler wie Beckenbauer nicht fällt, selbst wenn er so unsinnige Dinge behauptet wie das mit der Sklaverei in Katar. Er scheint ein Schutzschild zu haben – wie Gottschalk. Wobei Gottschalk zusammen mit Mike Krüger als *Die Supernasen* schon eine tolle Nummer in meiner Kindheit waren.

Ich imitierte mehrmals mittelmäßig gelungen Beckenbauers Zitat »Ja gute, ie hob in Katar no koanen Sklaven gsehn!«, und Georgi verrät mir Dinge, die ich hier nie schreiben würde. Unglaublich, wie schnell man sich kennenlernt bei dieser gemeinsamen Lauferei. Man öffnet sich mit jedem Schritt, den man tut, mehr, und es fühlt sich dabei nicht einmal komisch an. Ich denke nie: Was habe ich denn jetzt schon wieder gesagt – ich kenne den doch kaum.

Die brutale Hitze, die mir noch in Serbien den Verstand raubte und mein Gehirn kochte, ist jetzt vorüber. Ich komme bei 29 °C und Wind toll voran. Ich hoffe, es bleibt so. Man kann Hitze annehmen und mit ihr umgehen.

Jeden Tag zu laufen bleibt super. Jeden Tag in einem anderen Bett zu pennen, ein neues Guesthouse oder Hotel zu beziehen, einchecken, auschecken, auf die Rechnung warten, bezahlen … es nervt mich. Diese beschissen schwere Sporttasche mit teils völlig unnötigem Inhalt schleppen. Es nervt. Ich habe drei lange Jeanshosen dabei. Auf dem Balkan. Bei bis zu 42 °C. Wozu?
Ich sag ja immer: Man muss sich frei machen, Ballast abwerfen und vollkommen minimalistisch leben. Meine Sporttasche passt zu diesem Lifestyle jedenfalls nicht.

## *Etappe 34*

Ich habe mich entschieden und das löst in mir einen Knoten. Die Türkei ist ein tolles Land und ich bin mir sicher, dass die Menschen dort genauso wunderbar, herzlich, gastfreundlich und spannend sind wie hier in Bulgarien auch. Ich bin hin- und hergerissen und habe das Gefühl, dass einem die Demokratie um die Ohren fliegt, dass sie ihr Fundament verliert.
Ich bin kein Türkei-Experte und weit davon entfernt, mich mit Politik auszukennen, aber all das, was vor einigen Jahren dort in eine tolle Richtung ging, aufgebaut wurde, ist nun im Begriff, in einem Rekord-

tempo kaputtzugehen. Die EU hat den Türken die Karotte vor die Nase gespannt und immer dann wieder weiter weg gehängt, wenn sie nahe dran waren. Ich habe keine Ahnung. Ich will laufen und nun muss ich Entscheidungen treffen.
Mein Ziel und Wunsch war es, mein Abenteuer 50DAYS in Istanbul zu beenden. Ich werde es nicht tun. Ich bin heute meine 34. Etappe gelaufen und habe zum 34. Mal Europa erlebt und bin fasziniert. Ein Europa, wie ich es mir vorstelle und verstehe, endet aber leider an der Grenze zur Türkei. Also werde ich auch genau dort mein Ziel haben. Ich verzichte somit auf die letzten vier oder fünf Etappen. Mit schwerem Herzen. Mit einem Orkan im Kopf. Es geht um meine Sicherheit, es geht mir aber auch um das Zeichen. Ohnehin glaube ich kaum, dass aktuell mein Filmteam mit Equipment einreisen könnte und ich gehe sogar davon aus, dass ich als Journalist sowieso meine Schwierigkeiten haben würde. Es ist eine Situation, die sehr undurchsichtig ist. Ich will mir nicht ausmalen, was wirklich in der Türkei los ist, was bei uns ankommt von dem, was dort passiert.

Es ist schwierig für mich, von meiner Lauferei zu berichten. Ich bin rein sportlich sehr glücklich, habe für mich eine Leistung vollbracht, die ich kaum für möglich gehalten hätte, habe Dinge gesehen, die ich nie im Leben vergessen werde und Natur erlebt, die einmalig ist. Ich gebe aber zu, dass die Situation in dem Land, in dem ich glücklich ankommen wollte, auch meine Welt dunkler und bedrückter macht.

Ich werde in den kommenden Tagen noch tolle Etappen laufen, ein Gebirge überqueren, mit Hitze kämpfen und mich selbst noch ein paarmal richtig aus der Reserve locken müssen. Es ist schwer nach 34 Etappen – muss ich zugeben! Die 47 Kilometer heute tun weh. Georgi treibt mich an, redet mir gut zu und versorgt mich brüderlich. Das sind Gesten, die ich nie vergessen werde. Großes Kino. Deutsch-Bulgarische Freundschaft. Ich glaube, das, was Georgi da mir gegenüber tut, könnte ich ihm im umgekehrten Fall nicht geben. Ich weiß das und fühle mich schlecht dabei.

Morgen werde ich wieder alleine laufen. Ich weiß noch nicht, ob das gut oder schlecht ist. Georgi wird mich verlassen. Er wird den Rest seiner Ferien bei seinen Eltern, die er über alles liebt, an der Ostküste Bulgariens am Schwarzen Meer verbringen. Er hätte mich nur zu gerne überredet, mein Ziel dorthin zu verlegen, aber es gibt Pläne, die so sind, wie sie sein müssen.

Dass das Laufen, mein Sport und meine Passion, nun so eng an Politik geknüpft ist, konsterniert mich. Meine Bewegungsfreiheit ist eingeschränkt – das war mir in meinem Leben so noch nie bewusst. Eine Grenze, ein Zaun, eine Schranke wird nun mein Ziel sein.

## *Etappe 35*

Ich nehme den Lauf nun so, wie er ist. Ich laufe und es überkommt mich ein paarmal dabei so richtig. Ich bekomme Gänsehaut, einfach so. Ich spüre, dass es dem Ende zugeht. Das war lange so weit entfernt und nun ist es spürbar. Alle guten Dinge gehen vorüber. Dieser Sommer, dieser Lauf wird es auch tun, aber er wird mir für immer bleiben. Dass das Laufen, ein Sport in dieser Simplizität, mich einmal so vollständig ins Leben hineinkatapultiert, hätte ich mir vor ein paar Jahren nicht einmal im Ansatz vorstellen können. Ich dachte man braucht dafür viel Geld, ein schnelles Auto, Abitur, schöne Zähne oder reiche Eltern.
Ich renne heute, wieder alleine, von Ugarchin nach Trojan, an den Fuß der Berge. Unspektakulär. Umso mehr Zeit zum Denken, denn der Rest geht von selbst. Das mit dem Ziel hängt mir nach, aber ich habe mei-

ne Entscheidung getroffen. Ich will einen konsequenten Lauf laufen. Ich will mit einem Ausrufezeichen die Schuhe ausziehen und sagen: Hier sind meine 50DAYS zu Ende, weil es genau hier Sinn macht für mich!

Es stimmt schon, ich könnte anstatt Istanbul nun Athen anvisieren, ich könnte zu Georgi ans Schwarze Meer weiterlaufen oder nach Moskau trampen. Ich wollte nach Istanbul. Das geht nicht, das ist zu gefährlich und ich habe genug Gründe, dort nun nicht hinzulaufen. Für mich ist es konsequent, genau dort zu stoppen, wo meine Werte aktuell ein Ende haben, wo Europa aufhört, wie ich es (zumindest breit angelegt) verstehe. Die Grenze zur Türkei. Mit diesem Ziel bin ich zufrieden. Sollte bis dahin – also in etwa sieben Tagen – die Türkei eine neue, demokratische Regierung haben ... Nun ja, lassen wir das.

Routine. Landschaftlich etwas mager. Ist aber oft so, dass die Abschnitte »hin zum Berg« fad sein können. Das ist der Preis, den man zahlt, um einen Tag später aus den Vollen zu schöpfen, denn morgen geht es übers Balkan-Gebirge drüber, nach Südbulgarien. Bin gespannt. Ich träume am Rande einer bulgarischen Landstraße von einem Waldlauf auf schmalen Wanderwegen der Schwäbsichen Alb, an einem kühlen Morgen im Oktober. Frische, sauerstoffreiche

Luft. Bunte Blätter. Nach dem Lauf stellt mir meine Mama eine Tasse Kaffee und ein großes Stück Nusszopf auf den Tisch. Ich denke mich während diesen sechs Stunden durch Hunderte Erinnerungen und Wünsche.
Mein Highlight gibt es heute eindeutig nach der Etappe. Ich liege mit Marillensaft im Tetrapak, einer Tüte Chips und Schokolade mit Erdnusssplittern auf dem Zimmer einer Pension, die sonst keine Gäste hat und schaue Folge 1-5 von *Luzie, der Schrecken der Straße* und trinke zudem eine Dose eiskaltes Bier.

## *Etappe 36*

Georgi ist wieder da. Der Teufelskerl. Nein. Er ist ganz sicher das Gegenteil davon. Ein hochgewachsener Mann mit so viel Herz und Seele, dass man damit eine ganze Großstadt versorgen könnte. Er lacht viel. Nein. Ständig. Er erkundigt sich oft nach meinem Befinden, danach, wie es meinem Vater geht. Er will viel wissen. Er interessiert sich. Für mich, für meine Kinder, mein Leben. Es tut mir dabei unendlich leid, dass mir die Kraft fehlt, dasselbe Interesse an seinem Leben und seinen Umständen zu zeigen. Und wieder fühle ich mich schlecht dabei.

Die Freude sprudelt geradezu in mir. Er fuhr, besser gesagt ließ sich über Nacht die fast 400 km vom Schwarzen Meer wieder an unsere Route fahren, um heute bei einer legendären Etappe dabeizusein. Sein Vater muss ihn lieben. Mindestens so sehr wie mein Vater mich liebt.

Ich steige müde aus dem Bett. Das Guesthouse war gut. Es lag inmitten eines Waldstücks. Sehr einsam. Bewertung 9,5/10. Zu wenig Schlaf.
Was kann der Chef des Hauses schon dafür, wenn er Gäste mit einem Kind hat, das bis 24 Uhr brüllt und tobt. Ich wusste schon beim Abendessen, dass dieses freche Kind noch für irgendetwas sorgt, was mich fix und fertig macht. Nein. Ich habe selbst zwei Kinder – ich gehöre nicht zu denen, die grundsätzlich was an kleinen Kindern auszusetzen haben, aber dieses Kind ... im Schwäbischen sagen wir »Moschdkopf« dazu. Hätten sie ihm doch ein Smartphone oder einen Nintendo in die Hand gedrückt. Man kann doch Ausnahmen machen!
Es ist heute eine Königsetappe und ich fühle mich wie ein Fahrer der Tour de France. Wir überqueren das Balkan-Gebirge ab Trojan, laufen, marschieren zuerst 20 Kilometer nach oben auf rund 1.800 Meter, um dort eine riesige Statue zu bewundern, die genau dort oben mächtig-thronend steht, um daran zu geden-

ken, dass sich Bulgarien mithilfe der Russen von der lange währenden türkischen Herrschaft befreite. Das ist alles eher länger her, aber ich mache mir dann doch so meine Gedanken über Befreiung und Unterdrückung. Krieg und Frieden. Am Straßenrand wollen sie uns Gartenzwerge verkaufen. Ich wüsste im Moment wirklich nicht, was ich mit so einem Gartenzwerg anfangen sollte. In meinen S-Lab-Laufrucksack passt er beim besten Willen nicht.

Heute ist es besonders schwierig, den Weg nicht als Ziel zu sehen, denn rechts und links von meiner akribisch verfolgten Route lockt eine Landschaft, die wunderschön ist. Georgi beschreibt mir einen Traum-Trail, der über die Höhen der Balkans verläuft – leider nicht meine Richtung.
Wilde Pferde wären ihm dort im letzten Jahr entgegengekommen und ich bin sprachlos. In einem Gedankenblitz sehe ich Putin, den Befreier, mit freiem Oberkörper auf so einem wilden Gaul. Wir rennen lieber schnell weiter ...

Im Gegensatz zu den Alpen gibt es hier kaum Wanderer oder Touristen (immerhin sind hier Ferien). Es ist wild und ursprünglich und ich frage Georgi ständig nach Bären und Wölfen. Es sind ja Schilder aufgestellt, die vor diesen beiden Gattungen warnen, und

so bestehe ich jetzt auch darauf, Wolf wie Bär anzutreffen. Himmelherrgott nochmal!
20 Kilometer Downhill. Krasse Kiste. Die Oberschenkel brennen. Das war's dann mit den Bergen. Bis an die Türkei wird es in den kommenden Tagen wieder flach sein. Eine andere Herausforderung wartet aber: Es wird wieder heißer!

Nun ist es so weit: Jetzt bin ich ein echter Läufer. Ich habe begriffen wie es läuft, wenn man nur noch läuft. Mein Körper fühlt sich unheimlich gut an. Klar, ich bin etwas müde, aber im Grunde fit wie nie zuvor. Würde man mich fragen, würde ich antworten, dass ich von nun an bis ans Ende der Welt laufen könnte. Ich fühle mich unschlagbar. Ich bin in keinem »Flow«, wie ich ihn bislang kannte, sondern in einem bislang nicht gekannten Formzustand, von dem ich glaube, dass er mich unendlich weit auf meinen Füßen tragen könnte.

## 1997. BERLIN

Ich liebte Berlin. Ich lebte in Stuttgart. Schwaben sind eine Plage für Berlin. Berliner beschweren sich, dass Schwaben die halbe Stadt aufkaufen. Und Hollywoodstars, Dänen und Russen.

1997 verbrachte ich einen Sommer in Berlin. Es waren zumindest einige Tage im Sommer und es war heiß. Ich ließ mich durch die Stadt treiben, hing bei Freunden herum, besuchte jedes Konzert, das irgendetwas mit dem Genre zu tun hatte, das ich vertrat, und ich suchte Freiheit, die große Welt und eben Berlin. Wenn nicht in Berlin, wo denn dann? Ich verbrachte Stunden in Plattenläden, suchte rare Singles und erinnere mich noch genau an den Geruch der Stadt in diesem Sommer. Es war so unwirklich ruhig, so friedlich und vertraut. Eine Millionenstadt, die sich nur für mich in einem Sommertraum befand, in einem Schwebezustand.

Ich verbrachte den Vormittag schlafend im Görlitzer Park, ließ mich von Techno-Volk wecken, die mir auf Pille die Welt erklärten, und startete den Tag am Nachmittag, um den Abend und die Nacht voll und ganz zu genießen. Ein Sofa hatte ich bei Paul, einem Serben, der tief in der Musikszene Kreuzbergs verwurzelt war. Er war der älteste von insgesamt fünf Geschwistern, die alle zusammen mit der Mutter in einer 75-qm-Wohnung lebten und eine Menge Spaß hatten. Die Kinder teilten sich zwei Zimmer; der 19-jährige Paul war mit seinem sechs Jahre jüngeren Bruder in einem Raum. Seine Mutter Brigitte schlief im Wohnzimmer. Abendessen gab es in aller Regel vom afrikanischen Schnellrestaurant, das unterhalb der Wohnung lag, nahezu 24 Stunden geöffnet hatte und seine Gerüche im ganzen Haus verteilte.

Pauls Vater wohnte nicht bei der Familie. Keiner wusste, wo er lebte. Er verdiente sein Geld als Kurierfahrer und unterstützte die Familie mit weniger, als er sollte. Paul und ich trafen ihn in diesen Tagen, in diesem Sommer zwei- oder dreimal auf der Straße. Er grüßte seinen Sohn von der gegenüberliegenden Seite mit einem bewussten, aber fast unauffälligen Anheben seines fliehenden Kinns. Ich glaube er wusste, dass da drüben ein Teil von ihm vorbeilief. Paul musste in der Familie den Vater ersetzen. Den Mann, der seinen Verstand im Jugoslawien-Krieg verloren hatte.

Während Paul, sein Erstgeborener, das erste Mal ein Mädchen küsste und eine U-Bahn mit Farbe besprühte, war der Vater an der Serbisch-Kroatischen Grenze in einem Krieg, den er nicht verarbeiten konnte. Als ich Paul fragte, was sein Papa denn dort im Krieg machen musste, sagte er mir, dass er das nicht wüsste, aber seine Mutter immer sagte, dass das auch keiner wissen wolle.

Paul war ein gnadenlos talentierter Gitarrist. Er trug seine Caps mit dem Schild nach hinten und die Jeans so tief, dass die Gesäßtaschen in den Kniekehlen hingen. Wir alle trugen das so.

*Etappe 37*

Ich denke und handle nur noch in Etappen, in Teilstücken. Vorankommen. Schritt für Schritt. Ich laufe. Seit 37 Etappen. Um mich herum dreht sich die Welt weiter. Sie rotiert. Wie irre.
Als ob der Rest der Welt auf mich Rücksicht nimmt. Ich merke heute, dass ich ein kleines Licht bin in einer kranken Welt. Mein gleisend heller, 35 °C heißer Tag führt mich von Karlowo nach Kasanlak. Ich bin ein gelber Punkt mit einem blauen Cap, der sich bewegt, der oft rennt und steile Anstiege in langen Schritten marschiert. Ich wische mir den Schweiß von der Stirn. Kippe mir Wasser über den Kopf und erhoffe mir Abkühlung, die meist nur für Sekunden ihre Wirkung tut. Nach meinem Lauf sitze ich mit meinem Vater und Georgi im hintersten Winkel Bulgariens, bei perfektem WLAN und einer perfekten Serviceleistung auf der Dachterrasse eines Restaurants. Die Welt ist okay. Hier. Jetzt.

Aber nicht in München. Nicht dort, wo ich loslief und lebe. Meine Freundin schickt mir SMS-Nachrichten: Sie sitzt ebenfalls in einem Restaurant. Im Zentrum Münchens. Das Restaurant ist von innen verriegelt, die ganze Stadt in einem Ausnahmezustand. Ein Amoklauf. Tote. Eine Situation, die niemand einschätzen kann. In einem Einkaufszentrum tötete ein junger Mann andere junge Menschen und es ist das Einkaufszentrum, in dem auch meine Kinder und meine Exfrau gelegentlich einkaufen. Ich bin nervös. Ich schwitze und mir zieht es den Boden unter den Füßen weg. In der Nacht lichten sich die Umstände zwar, meine Freundin kommt sicher nach Hause, meine Kinder melden sich, ihnen geht es gut. Ich bin – oberflächlich – beruhigt.

Die kommenden Etappen werden härter und filterlos, sie werden mir Fragen stellen und aus mir einen echten Läufer machen. Ich weiß seit einigen Tagen, wo ich meinen Lebenslauf beenden werde, aber ich wusste nicht, wo mein neues Ziel sein würde, wenn Istanbul einem Demagogen zum Opfer fällt. Ich habe nun die Antwort gefunden. Das Ende, der letzte meiner Schritte wird am Grenzzaun sein, aber mein Ziel ist mir heute wie Schuppen von den Augen gefallen. München. Mein Zuhause. Meine Kinder und meine Freundin. Ich will so unbedingt zurück und ich spüre, dass mein Vater die Mama vermisst. Und seinen Hund. Ja, seinen Hund.

Georgi ist heute zum letzten Mal dabei. Er erträgt mein sinnloses, einsilbiges Geschwätz, denn ich bekomme nach all den Läufen leider keine anspruchsvollen Dinge mehr über die Lippen. Ich habe das Gefühl, ich hätte mir meinen letzten Funken Intellekt nach diesen fast 1.850 Kilometern aus dem Schädel gelaufen. Die kommenden Etappen bin ich wieder Einzelkämpfer – vielleicht muss das so sein und ich sollte es alleine zu Ende bringen. In diesen Zeiten braucht die Welt Männer wie diesen Georgi, denn er würde niemals nie mit freiem Oberkörper auf Pferden reiten!

Nach dem täglichen Laufen ist vor dem täglichen Hotel. Das Hotel ist retro. Enorm retro. Aber es ist sauber. Glaube ich. Ich will morgen an den Hotelpool. Der ist sauber. Glaube ich. Vielleicht bleibe ich morgen auch den ganzen Tag im Bett und drehe die Klimaanlage auf 17 °C. Ich könnte alle *Tatort*-Filme der vergangenen Wochen in der Mediathek schauen. Es wird mein letzter Ruhetag sein.

Ich habe zehn Paar Laufschuhe dabei, vier verschiedene Laufrucksäcke, drei Caps, die sich gegen die Sonne auflehnen, je acht Trikots und Laufshorts aus Funktionsstoff, die so neu sind, dass man sie erst in einem Jahr im Laden kaufen kann, und eine Kiste – so groß wie eine kleine Badewanne – voller Riegel und Gels. Um mein Handgelenk schmiegt sich eine GPS-Uhr, die mir seit Wochen genau sagt, wie lange ich unterwegs bin und wie lange es noch gehen wird. All diese Ausrüstung klebt an mir, als ob ich noch nie etwas anderes getragen hätte und auch nie mehr in anderen Sachen aus dem Haus gehen würde.

## *Etappe 38*

Ich bin unterwegs nach Stara Sagora. Die Hitze kommt spät, weil ich zu Anfang über einen kleinen Berg musste, der mir frischen Wind spendierte. Es ist kein echter Berg, also kein Berg im Sinne eines Berges, wie ich ihn sonst definieren würde. Kein Berg mit einem Kreuz oder Schneeresten am Gipfel. Nein, eine Erhebung, ein Anstieg. Mehr nicht.

Es ist so ruhig, dass ich beim Laufen in einen richtig meditativen Zustand komme und darauf hoffe, dass mir endlich ein Bär über den Weg läuft. Oder ein Wolf. Das passiert leider nicht.

Ab und an rollen mir Sinti- oder Roma-Familien auf Pferdekutschen entgegen. Die Kinder jubeln mir zu. Es sind Momente, die wie aus einer anderen Zeit wirken. Ich bin erstaunt, wie schnell so ein einzelnes, eher noch junges Pferd im Anstieg mit Kutsche rennen kann. Mein Vater schimpft. Es wäre eine Qual für das Tier.

Bei Kilometer 23 kommt mir ein Mountainbiker entgegen, der mich schon von Weitem anvisiert und auf gleicher Höhe seine Cantilever-Bremsen zieht, sich aus den Pedalen klickt und stoppt. Ich schimpfe ihn zunächst auf Schwäbisch, wieso er »denn keinen Helm trägt«, lache darüber, dann wechsle ich ins Englische.

Er will wissen, wie viel ich heute laufe und woher ich komme. Ich weiß nun nicht, ob ich ihm die ganze Wahrheit vor den Lenker knallen soll oder eben nur eine »Etappen-Wahrheit«, die er mir glauben könnte. Ich entscheide mich für die komplette Angeberei und fühle mich komisch damit.

»Ich komme aus München, Oktoberfest, und laufe bis zur türkischen Grenze! Also eigentlich bis nach Istanbul, aber ... Und heute eigentlich bis Stara Sagora.«

»Dann musst du mit mir ein Foto machen! Ich bin vom MTB-Club Stara Sagora, Team Wind & Fire. Der erste Präsident!«

Ich glaube, er ist der erste Mensch in diesen letzten sechs Wochen, der mir sofort, unmittelbar, meine Geschichte abnimmt. Als er dann so von mir wegradelt, denke ich mir, dass man mit so einem Fahrrad eigentlich auch ganz gut vorankommt ... und ich bin etwas neidisch. Mir fallen dabei einige seltsame Geschichten ein, in denen ich mich selbst auf einem Fahrrad sehe.

Diese 36 Kilometer gehen heute schnell vorbei, meine Beine sind nach dem Ruhetag sehr fresh und locker

und ich komme mir nach den 4 Stunden 15 Minuten irgendwie richtig seltsam vor. Unfertig. Ein Halbtagsjob innerhalb eines festen Fulltimejobs. Ich sollte mit den zwei Stunden, die ich heute übrig habe, etwas Sinnvolles anfangen. Ich sollte mir unbedingt einen neuen Haarschnitt leisten. Ich habe das Gefühl, dass die Haare unter so einer körperlichen Dauerbelastung weniger wachsen, aber dafür tun sie das völlig ungleichmäßig. Ich finde, dass die Haare um die Ohren herum schneller wachsen und nun viel länger sind als die Haare weiter oben. Ich fühle mich sehr unwohl damit.
Zum Hotel an diesem Tag: Ich befinde mich in Jack's Tennis Hotel. Völlig okay. Nur: Niemand, absolut niemand spielt hier Tennis. Die Plätze sind leer, das Hotel ist leer, der Ort selbst verlassen. Ich rede an diesem Tag sehr viel mit meinem Vater über Tennis. Wieso er nicht mehr spiele, wieso ich immer solche Wutanfälle bekommen und dadurch die Matches verloren hatte, wieso Tennis in der 80ern so toll war, so modern, so im Trend, und heute nicht mehr. Wir sind uns schnell einig, dass Tennis eigentlich nach wie vor ein schöner Sport ist und ich merke meinem Vater an, dass er unheimlich gerne da unten auf einem dieser beiden Plätze jetzt Tennis spielen würde. Und ich frage mich in einem kurzen Gedankenblitz, was wohl die Stars von damals just in diesem Augen-

blick so machen, dieser Eric Jelen, Charly Steeb, Barbara Rittner oder die, die immer so stöhnte bei der Rückhand ... Monica Seles. Vielleicht spielen die alle kein Tennis mehr, wegen dem Tennisarm. Vielleicht laufen die jetzt auch.

Reges Leben herrscht im Teppichboden meines Zimmers. Ich trage konsequent meine Badelatschen. Nach dem Duschen schlendern wir durch Stara Sagora, das viel größer ist als wir dachten.
Jeden Tag schauen wir uns auf der Landkarte die Orte an, deren Namen wir nicht aussprechen können und sind überrascht, dass die alle gar nicht so klein sind, wie wir angenommen hatten.
Es ist so heiß, dass wir von Schatten zu Schatten sprinten, und ich finde einfach keinen Friseursalon. Es gäbe ein Kosmetikstudio für Frauen, die auch Haare schneiden, aber ich traue mich nicht hinein. Mein Vater thematisiert beim Abendessen in einem Straßencafé mein Restprogramm und bringt Istanbul auf den Tisch. Einfach so. Mitten zwischen Pizza und Penne mit Thunfisch. Ich atme ein. Atme aus und sage ihm, dass wir an der Grenze am Ende unserer Reise sein werden. Er sagt, wir machen es genau so, wie ich es entscheide.

*Etappe 39*

Das bulgarische Frühstücksfernsehen wartet vor dem Hotel. Zwei kettenrauchende Kerle, die sehr nett sind. Die so sind, dass ich mir vorstellen kann, mit ihnen Bier zu trinken und ihnen etwas anzuvertrauen. Einer davon ist Kameramann, der andere offenbar der Redakteur.

Ich hoffe sie bringen Frühstück mit, aber sie filmen mich nur und stellen die Fragen, die eben so gestellt werden müssen. Wieso ich das mache. Ob Hitze oder Kälte besser sei. Ob ich Bulgarien schön fände. Was man in Deutschland von den Bulgaren so halte. Die letzte Frage bringt mich etwas aus dem Konzept und ich antworte, dass ich das nicht beantworten könne, da ich nicht Deutschland wäre, sondern nur ein Achtzigmillionstel davon.
Sie fahren dann mit einem getunten, mattschwarzlackierten Honda Civic zu Beginn der Etappe neben mir her – es geht leicht bergab – und sorgen mit ihrer Kamera dafür, dass ich die ersten zehn Kilometer in weniger als 40 Minuten hinter mir habe. Irgendwann sind sie dann weg, wünschen mir noch ein schönes Leben, und ich kann wieder in meinen Tranceschritt verfallen.

Morgen Vormittag soll nun also ein sagenhafter TV-Beitrag in ganz Bulgarien ausgestrahlt werden und ich gehe fest davon aus, dass ich spätestens ab morgen 10 Uhr durch jubelnde Trauben von Menschen laufe und all diese LKW-Fahrer, die mich sonst fast über den Haufen fahren, mit respektvollem Abstand an mir vorbeischleichen und mir Karamellbonbons zuwerfen. Die beiden Honda-Fahrer machen mich berühmt auf dem Balkan.

Die 39. Etappe will mich brechen. Kein Flow, kein Trail, kein Nix. Nur hart. Shadows of reality.

In Radnevo beziehen wir unsere Zimmer in einem großen Hotel, das nahezu leer ist. Wir fühlen uns unwillkommen. Die Damen am Empfang haben schlechte Laune und nehmen in einer endlos langen Prozedur unsere Daten auf.

Das alles ist bei Pizza Rustica und Griechischem Salat schnell vergessen. Wir trinken kaltes Heineken gegen den Durst, und dann steht ein Polizist in Uniform vor uns. Er macht ein ernstes Gesicht. Alle Blicke auf dieser Hotelterrasse richten sich auf meinen Vater und mich. Wir werden an die Rezeption gebeten. Es ginge um eine Ausweiskontrolle. Ob das nicht auch nach dem Essen ginge? Die Pizza würde doch kalt. Ja, dem Salat wäre das egal. Natürlich. Wir ste-

hen 30 Minuten lang an der Rezeption. Der Polizist telefoniert mit unzähligen Dienststellen und gibt sehr deutlich wieder und immer wieder unsere Ausweisnummern durch und alles, was irgendwie in diese Pässen gedruckt wurde, um nach weiteren 20 Minuten die Frage an uns zu richten, ob wir denn nun Russen oder Italiener seien? Mein Vater wird rot. Er wird sehr rot. Ich mache mir große Sorgen.
Er fragt den Polizisten in einem sehr deutschen Englisch, ob er die EU kenne? Ob er bis jetzt nicht erkannt hätte, dass wir deutsche Ausweise hätten?
Der Polizist antwortet, es gäbe Probleme, aber wir sollten uns keine Sorgen machen. Gut. Das ist gut. In meiner Not greife ich zitternd zu meinem Handy und suche im Verlauf die Nummer einer der beiden TV-Typen vom Vormittag in der dringenden Hoffnung, dass der uns helfen könnte. Er geht ran. Ich erkläre ihm die Situation und dass ich hier einen Polizisten vor mir habe, der irgendwas will, was ich nicht verstehe und ob er ihm nicht in der Landessprache erklären könne, dass ich ein harmloser Läufer bin, der nichts Böses im Sinn hat. Ich drücke dem Polizisten mein Handy ans Ohr, er nimmt es und telefoniert für rund eine Minute aufmerksam mit dem Redakteur. Der Polizist nickt viel und redet nur wenig.

Als er mir das Telefon wieder zurückgibt, verändert sich sein Gesichtsausdruck und er meint, dass alles okay wäre und gibt uns die Ausweise zurück.

Am Abend rufe ich nochmals aus einer intensiven Neugierde heraus beim Redakteur an und will wissen, was denn überhaupt los gewesen sei. Er meint, er hätte dem Polizisten einfach gesagt, dass wir vermutlich die falschen Personen für eine derart genaue Kontrolle wären.

## *Etappe 40*

Seit ungefähr zwei Stunden laufe ich mehr oder weniger direkt auf dieses Kraftwerk zu, das eine Dimension einnimmt, die mich schier ohnmächtig macht. Ein ganzer Landstrich scheint diesem Kraftwerk zu unterliegen, das halb Bulgarien mit Strom versorgt.
Diese Starkstromleitungen machen mich benommen. Es ist eine trostlose Gegend. Rund um das Kraftwerk ragen an konzentrierten Orten mehrere Gebäude in den Himmel, in denen die Angestellten mit ihren Familien leben.
Es ist der mental härteste Lauf in all den Wochen. Ich kann aus keiner Situation, aus keinem Bild, keiner Landschaft Motivation schöpfen. Einzig der völlig

verschmutzte Kraftwerkssee bringt mich einmal zum Schmunzeln, als mehrere Männer direkt unter riesigen Angeln-verboten-Schildern sitzen, rauchen, Bier trinken und ihre Angeln ins Wasser strecken.

Nach fünf Stunden empfängt mich mein Vater am Rand von Simeonowgrad. Ich hechte mit meinem letzten Schritt auf sein Feldbett, das er im Schatten eines Baumes aufgestellt hat, und sage zu ihm: »Das war grenzwertig. Knapp am Sonnenstich vorbei. Knapp nicht dehydriert!«

Zur Belohnung befindet sich dann direkt neben uns eine hochmoderne Tankstelle mit diversen Zapfsäulen, die mich nicht interessieren. Aber: Es gibt eisgekühlte Getränke. Und Eis am Stil. Ich entscheide mich intuitiv für ein Sandwicheis und eine Zitronenlimonade, weil ich Coca-Cola schon lange nicht mehr schmecken kann. Ich beiße vom Sandwicheis ab wie von einem Butterbrot und spüle es mit der Limo einfach runter. Mein Hirn friert. Ich jammere. Mein Vater lacht mich aus.

Für 15 Minuten liege ich regungslos auf dem Feldbett und starre wie auf Drogen in den Himmel, der blauer nicht sein könnte. Ich dachte, nach 40 Etappen und über 2.000 Kilometern würde sich das alles ganz anders anfühlen. Ich weiß nicht wie, aber anders.

## JULI 2017. DIE ZUGSPITZE.

Ein Freund aus Berlin versichert mir regelmäßig, dass für ihn die Zugspitze der hässlichste aller Berge sei. Er geht sogar so weit, dass er sie noch nicht einmal als Berg erkennen kann. Er liebt die Schweiz und Südtirol und kann mit Garmisch-Partenkirchen oder Ehrwald nicht viel anfangen.

Ich sage ihm, dass ihm einfach der Bezug dazu fehle und die Zugspitze, wenn man sich auf sie einließe, ihre Reize hätte.

Egal unter welchen Umständen, egal wie man es drehen würde, die Zugspitze ist nun mal der höchste Berg Deutschlands, und weil mein Sohn Fynn ein Wissensjäger der Rekorde ist, weiß er natürlich die Höhe des Mount Everest und die Höhe der Zugspitze. Er würde gerne einmal auf den höchsten Berg der Erde steigen, verrät er mir, und ich erklärte ihm die Schwierigkeiten, die dabei auftreten könnten, und nicht zuletzt die finanziellen Aufwendungen, um überhaupt so etwas zu machen.

Ich bot Fynn also an: wenn schon nicht den Everest, dann zunächst die Zugspitze erobern. Es wäre der höchste Punkt Deutschlands und ein mächtiger Marsch mit einigen Klettereien am Ende. Ich schwor ihn mit all meinen Motivationstricks auf einen umfassenden Gipfeltag ein. Ich versprach ihm Pausen, eine Hüttenrast und dass wir garantiert viele Wanderer überholen würden, denn wir würden Downhills und flache Passagen rennen, wie es sich für Trailrunner gehört. Ich bin der größte Fan meines 14 Jahre alten Sohnes. Er ist hochgewachsen, hat lange Beine und Arme und ist ein schlanker Kerl. Er erinnert mich an mich selbst, und seine Großeltern erkennen mich in ihm wieder. Er zockt viel zu oft und zu lange mit dem Smartphone, ist ein schlechter Esser und es wird regelmäßig an ihm rumgemeckert. Bei mir war das ähnlich.

Am Abend vor unserem Berglauf hinauf auf 2.962 Meter Höhe positionierten wir unseren Camper am Fuß der Zugspitze, aßen XXL-Schnitzel mit Bratkartoffeln, sortierten unsere Ausrüstung und blickten zusammen durch das Dachfenster in den sternenklaren Himmel hinein.
Jede Sekunde mit meinem Sohn und meiner Tochter Lia ist ein Geschenk. Als Vater weiß ich manchmal nicht, wie ich mit diesem innersten, tiefverankerten Gefühl umgehen soll, dem Wunsch, dass es meinen Kindern gut geht, dass sie glücklich und fröhlich sind. Wo sind die Grenzen zwischen dem, was Kindern guttut, und wann überfordert man sie? Wie viel Zuneigung macht Sinn und wann ist es sinnvoll loszulassen?

Am frühen Morgen waren wir bereit, frühstückten im Freien, füllten unsere Trinkflaschen und wanderten los. Die Frage, wie weit es noch sei, kam natürlich zu früh, und ich erklärte Fynn, dass er genau diese Frage zumindest in den kommenden fünf Stunden nicht mehr stellen sollte. Er solle seine Kräfte sparen. Es ging immerzu nach oben. Wir kamen gut voran und es war ein Glück zu sehen, wie er in seiner Bewegung aufging. Wanderer, die wir reihenweise überholten, lobten ihn, sprachen ihm offen ihren Respekt aus und ich wusste, dass ihn das freute. An einer Scharte klemmten wir uns in den Fels, genossen zusammen die Aussicht und erkannten zum ersten Mal den Gipfel in der Ferne. Wir bissen von unseren Landjägern ab und ich teilte ihm allen Ernstes mit, dass wir uns nur noch knapp in unserem Zeitplan befänden, obwohl wir in Wahrheit mehr als genug Zeit hatten.

Nach vier Stunden waren wir an der Knorrhütte, teilten uns eine Erbsensuppe und befanden uns wenig später in einem Meer aus Stein und Fels in einem grellen Mittagslicht. Mitten im Hochsommer bewarfen wir uns mit Schneebällen. Fynns Kräfte schwanden. Er kämpfte wie ein Löwe. Seine Waden krampften. Die Option, die letzten drei oder vier Kilometer und 300 Höhenmeter sein zu lassen und den Tag auf Sonnalpin, einem Hochplateau, zu beenden, verwarf

er sehr bestimmt. Nein, er wolle ganz hoch. Ja, es ginge schon noch. Schritt für Schritt. Seilversichert. Nach sechs Stunden kamen wir oben an. Am goldenen Kreuz der Zugspitze. Wir standen inmitten Hunderter Touristen, die bequem mit der Bahn nach oben gefahren waren, um dort Kaffee zu trinken und Torte zu essen. Was denn das für faule Säcke wären, meinte mein Sohn herablassend. Ich nickte ihm zu und klopfte ihm auf die Schulter.
Diesen Tag möchte ich gern auf ewig in meinen Gedächtnis konservieren.
Ich bin einer dieser Väter, die nicht mit ihren Kindern zusammenleben. Ich habe große Angst davor, dass irgendwann einmal in meinem Leben der Moment kommt, an dem ich merke, dass ich zu wenig Zeit mit ihnen verbracht habe. Ich habe Angst vor dem Augenblick, an dem das auf mich herniederbricht.

## *Etappe 41*

Ich stehe am Start einer Etappe, die ein Ende hat. Bevor ich losrenne, geben mein Vater und ich uns die Hand. Er wirkt gelöst. Das zwischenzeitlich heimgereiste Filmteam war eine ganze Nacht lang durch Österreich, Slowenien, Kroatien und Serbien gefahren. Um anschließend ganz Bulgarien zu durchqueren und letztendlich auf mich zu treffen. Um mich dabei zu filmen, wie diese Sache endet. Nach 25 Kilometern stehen sie auf einer Brücke, über die ich laufe. Ich stoppe ab, wir umarmen uns lange. Georg, Timo und Tobi. Gute Typen, Männer im besten Alter, und doch weiß ich nicht, ob ihnen klar ist, was ich erlebt habe. Vielleicht war ich ihnen gegenüber zu verschlossen. Ich erkundige mich, wie die Autofahrt war, und sie nicken mehrmals in kurzen Intervallen, um dann die Köpfe entschlossen zu schütteln und zu sagen, dass die Fahrt endlos lange war und sie nun wüssten, was ich alles zu Fuß gelaufen bin und sie es natürlich nicht nachvollziehen könnten. Ich bin stolz und lasse es mir nicht anmerken. Nicht jetzt. Es wäre der falsche Moment.

Ich dachte mir schon, dass der Weg zur Grenze kein Spaziergang durch ein Land wird, in dem Milch und Honig fließen. Ich sehe arme Menschen. Sinti und Roma, die in notdürftig zusammengenagelten Hütten leben. Kranke Hunde, Esel und Pferde, abgemagert bis auf die Knochen, sind zu sehen. Verwahrloste Kinder sitzen auf Müllbergen. Ich laufe durch ein EU-Land. Ich werde nicht beachtet. Es ist ein groteskes Bild. Ich muss ein seltsames Bild abgeben, wie ich hier durch pure Armut renne. Ich fühle mich unwohl dabei. Unwohl, nicht aus einer Angst heraus, dass mir

etwas geschehen könnte, sondern unwohl, weil ich merke, dass ich in einer Welt lebe, die an vielen Stellen ihre Regulierung vollkommen verloren hat. Ich fühle mich hier auch nicht mehr als Sportler oder Läufer, sondern nur noch als Beobachter.
Nur 500 Meter, nachdem ich an diesen Slums vorbeigelaufen bin, komme ich im Ortszentrum an und kreuze den fast neuen Marktplatz. Die EU hat diesen Prachtbau aus Marmor, mit Springbrunnen und Treppenaufgängen, die keinerlei Funktion zu haben scheinen, mit 1,5 Millionen Euro gefördert.

Die Strecke bis zur Grenze wird länger als geplant. Ich habe bereits 50 Kilometer auf meiner Uhr, und die Straße in Richtung der Grenzstadt Swilengrad, dem letzten Ort vor dem Grenzübergang, hat nur noch eine Funktion – sie bringt Menschen in die Türkei hinüber oder in die EU nach Bulgarien. Sie ist Zufahrt. Nicht mehr, nicht weniger. Und gerade.

Ich renne wie all die Tage zuvor auch. Links in meinem Blickfeld der Asphalt, weiter rechts ein Graben, dann ein Raps- oder Maisfeld. Ich konzentriere mich auf das immer gleiche Geräusch meines Laufrhythmus, meines Atems, der kaum intensiver ist als nachts beim Schlafen. Immer wieder Müll, Plastiktüten, Autoreifen. Eine dieser Tüten bewegt sich. Ich halte an.

Ich starre auf die Tüte. Sie lebt. In dieser Tüte steckt Leben.

Ich war in einem Modus, der gerade meine letzten acht Wochen in einer versöhnlichen Ruhe abschließen sollte. Ich war in einem Finale, auf meinen letzten 4.000 Metern, und nun krabbeln mir mehr tot als lebendig drei Katzen entgegen.

Fast verdurstet, verhungert, kaum ein Woche alt. Einfach weggeworfen. Wie eine Sache. In meinem dünnhäutigen Zustand stehe ich hilflos am Ende Europas und verstehe nichts mehr. Ich rufe meinen Vater an. Er kommt hinzu und zwei Herzen, die synchron für Tiere schlagen, bluten. Er bringt die kleinen Wesen in das nächste Dorf. Sie werden es nicht überleben. Ich denke an Goran. Ich hätte ihn einfach mitnehmen müssen.

Ich laufe in einem Tunnel. Ich blicke nur noch auf meine eigenen Füße. Mein Vater überholt mich und ich weiß, dass dies das allerletzte Mal sein wird, dass er das tut. Er wird seinen Tiguan beschleunigen, zum Grenzzaun vorausrasen und sich in Position bringen.

Kilometer 60. Eine Geisterstadt ohne Namen, in der ein paar wenige Menschen auf bessere Zeiten warten. Ich renne an ihnen vorbei. Wie ein Getriebener. Einer vom Kamerateam radelt vor mir her, hält die Linse ganz nahe an mein Gesicht, will vielleicht Emotionen einfangen, von denen ich im Moment nicht weiß, wo sie bleiben. Ich bin überfordert. Die Situation überfordert mich. Ich sehe den Zaun. Ich sehe dahinter die türkische Flagge im Wind, in einem heißen Wind, an einem wolkenlosen Tag im August 2016.

Und dann steht vor mir mein Vater. Neben seinem VW Tiguan. Zehn Meter vor ihm reduziere ich mein Tempo und gehe auf ihn zu. Er öffnet seine Arme weit, ich ebenfalls und wir drücken uns lange und wie niemals zuvor. Mein Vater weint. Ich nicht. Ich sage zu ihm, dass wir endlich fertig wären und es jetzt nach Hause ginge. Ich sage ihm, dass es jetzt auch genug sei. Er sagt, ich hätte es gut gemacht. Das letzte Mal, dass ich meinen Papa weinen sah, weinte er aus Enttäuschung über mich. Diesmal vor Stolz.

Ich stehe am Zaun. Ich greife mit beiden Händen fest in diesen Zaun und stehe auf bulgarischem Boden. Nur wenige Meter vor meinem nach oben gerichteten Blick weht die türkische Flagge. Sie ist weit entfernt. Für mich. In diesem Moment. Ich weiß, dass das Ende dieses Laufs anders hätte sein können. Vielleicht sogar hätte sein müssen.

In diesem Moment will ich nach Hause. Ich möchte nur eines: in dieses Auto steigen und in einer möglichst direkten Linie nach München zurück. Ich sehne mich nach 41 Etappen nach all dem, was ich eben sonst gerne mache. Ich will diese Härte nicht mehr, ich will diese Hitze nicht mehr und den glühenden Asphalt.

Ich denke auf dieser Rückfahrt immer wieder an Istanbul. Mein Wunsch, diese letzten vier Etappen einmal nachzuholen, an diesem Zaun zu starten, der dann keine Grenze mehr ist und in einem Ultra bis Istanbul zu laufen, ist groß. Ich überlege mir, wann das sein würde und verstricke mich in Überlegungen, die ich nicht mehr sortiert bekomme. Nach weniger als 24 Stunden Autofahrt hält der Volkswagen vor unserer Wohnung an. Ich bin wie in einem Zeitraffer all das zurückgefahren, was ich in fast zwei Monaten gelaufen bin, und fühle mich dabei wie ein Mensch, den eine riesige Hand einfach in eine anderes Universum geworfen hat.

## 2017. SARDINIEN

Vor etwas mehr als einem Jahr hat mich mein Vater dann in München aus dem Auto steigen lassen. Er umarmte mich und fuhr davon. Für 40 Tage waren wir zusammen gewesen. Ich lief, er fuhr. Er war 67 und ich 43. Heute erscheint mir unser gemeinsames Abenteuer lange her. Ich erinnere mich nur wenig daran, dass es Stress oder Ärger gab, dass er mir und ich ihm auf den Wecker ging, dass er grummelig zum Filmteam war oder dass ich das Gefühl hatte, er könne gar nicht nachspüren, wie es für mich gerade ist, bei 42 °C im Schatten, in praller Sonne 55 Kilometer auf heißem Asphalt zu laufen und sich von Lastwagen die Schulter touchieren zu lassen. Ich erinnere mich gut daran, dass wir gemeinsam zu Abend aßen, oft schwiegen und dabei trotzdem alles sagten, was wichtig war. Ich erinnere mich, dass wir in diesen 40 Tagen viele Momente hatten, die perfekt waren. Ehrliche Augenblicke ohne Schauspielerei.

Wir fuhren mit unserem Wohnmobil fast zehn Stunden lang. Über die Autobahn in Richtung Salzburg, dann an Innsbruck vorbei und über den Brenner. Wir wechselten das Steuer. Meine Freundin fuhr, ich legte die Füße auf das Armaturenbrett hoch und schaute aus dem Seitenfenster, um die vorbeiziehenden Gebirgsketten wie einen Kinofilm anzusehen. In Italien lenkte sie den Camper auf einen Rastplatz und wir verdrückten Panini Crudo und tranken den ersten italienischen Cappuccino des Urlaubs, denn in Italien ist sogar an Tankstellen der Kaffee immer hervorragend. Am Abend kamen wir in der Hafenstadt Piombino an und hetzten als letztes Fahrzeug auf die Fähre, die knapp hinter uns die riesige Luke schloss und losdampfte. Am nächsten Morgen rollten wir als Erste vom Schiff und waren auf Sardinien.

20 Tage lang entdeckten wir in vielen Teilstücken die Insel, die Anfang Oktober noch voll im Sommermodus steckt und doch dabei den Massentourismus längst verabschiedet hat. Egal wo, es ist mal ruhig, besinnlich oder romantisch, wenn man es will, und auch wild. Wir warfen immer wieder Tisch, Stühle und Laufschuhe in unseren Bus, klappten die Fenster zu und rollten einfach so lange weiter, bis uns der nächste Berg oder Strandabschnitt gefiel. Im Radio lief ein italienischer Sender, der ständig Rockhits der 70er-, 80er- und Grungesongs der 90er-Jahre spielte. Wir sonnten uns auf mächtigen Felsen, lasen in Bestseller-Taschenbüchern, ich arbeitete an meinem Buch, sprang nackt in eine türkisblaue Bucht und ging laufen. Ich lief, ohne Ziel. Ich rannte vom Strandplatz hinauf in die Berge, die sich auf Sardinien surreal schön, in verschiedensten Farbtönen aufbauen. Sie sind karg, sie sind manchmal grün und stets großzügig mit ihren Ausblicken. Im Supramonte-Gebirge, im Osten der Insel, wurde ich wieder zum Läufer und fand etwas, was ich fast verloren hatte. Laufen. Einfach so. Ohne Ziel.

Ein sehr guter Bergläufer, den ich kannte und nicht sonderlich mochte, sagte einmal zu mir, dass er seine Wettkampfkarriere demnächst beenden würde. Es gäbe für ihn aber einen wichtigen Grund, weiterhin konsequent zu trainieren und ich verstand nicht, was er damit meinte. Er war ein Meister seines Sports, hatte viele Titel gewonnen und für mich war er der Inbegriff dafür, dass man trainiert, um bei Rennen zu gewinnen. Er wollte aber fit bleiben. Es ging ihm darum, möglichst lange fit zu sein, seine Form zu erhalten, einen gesunden und leistungsstarken Körper zu haben. Das imponierte mir sehr. Er zog sich tatsächlich aus jeglichem Wettkampf zurück, meldete sich bei allen Social-Media-Plattformen ab und trat nicht mehr öffentlich in Erscheinung. Ein Freund traf ihn zufällig erst kürzlich am Berg. Er war dessen Aussage nach sehnig, schnell und blickte im Aufstieg offenbar mehrmals auf seine Sportuhr.

Auf Sardinien wurde mir einiges klar. Mir wurde klar, dass ich laufen muss, wenn ich es kann. Es ist eine Art Verpflichtung.

Ich kenne einige Menschen, die sehr talentiert sind. Einige davon sind sogar Freunde von mir.

Mein Freund Jojo ist sehr stilsicher. Er verliert sich in Details, mag nur bestimmte Farbtöne, Möbel, Musik, Klamotten oder Rennradrahmenhersteller. Er arbeitet als Grafikdesigner – er hat den richtigen Job! Ich bewundere ihn dafür, dass alles, was er anfasst, trägt, empfiehlt und sagt, auf eine Weise immer logisch, harmonisch und schön wirkt.

Und dann noch Torsten. Ich kenne Torsten. Er ist heute Arzt im besten Alter mit schicker Praxis. Er floh. Bei Nacht. Durch die kalte Donau. Von Ungarn ins ehemalige Jugoslawien. In den 1980er-Jahren. Er verließ die DDR und schwamm sieben lange Stunden gegen die Strömung. Er riskierte dabei alles, wurde vom Grenzerschnellboot und einem Frachtschiff fast überfahren und unterdrückte seinen Hustenreiz trotz Wasser in der Lunge. Am Tag, an dem er in einem mit Westmark im Intershop gekauften Neoprenanzug sein Leben voll und ganz auf eine Karte setzte, saß ich mit meinen Eltern auf einer Cordcouch in einem Wohnzimmer aus Korkwänden, knabberte Erdnussflips und schaute abends *Wetten dass …?*

Ein anderer Freund ist so sehr strebsam, fokussiert und erfolgsorientiert, dass er eine Karriere hinter sich hat, die mich schwindelig macht. Er kam aus einfachen Verhältnissen, pflegte seinen todkranken Vater im Alter von 14, war zunächst ein mittelmäßiger Hauptschüler, um in den folgenden Jahren alle Abschlüsse bis hin zum Fachabitur nachzuholen. Das fiel ihm nie leicht, nie in den Schoß. Er musste lernen. Viel lernen. Er absolvierte eine kaufmännische Lehre, stieg solide in die Berufswelt ein, um nebenbei einen international gültigen Bachelor aufs Parkett zu legen. Im Unternehmen, dem er seit vielen Jahren angehört, durchstieg er gefühlt alle Ebenen, um heute einer der Geschäftsführer zu sein.

Er träumte als kleiner Junge von Geld, von einem Sportwagen, einer schönen Frau und einem großen Haus. Ich weiß, dass er mittlerweile zwei Porsches besitzt, seine Frau wirklich gut aussieht, das Haus einen offenen Kamin hat und das Sofa im Wohnzimmer so teuer war wie unsere ganze Küche, das Bett und mein Auto. Er arbeitet unglaublich viel, aber er liebt es. Ich schickte ihm Bilder von unserem Urlaub auf Sardinien, Fotos davon, wie ich in Laufklamotten glücklich und verschwitzt auf dem Gipfel stehe und weit ins Mittelmeer hinein blicke. Ich weiß nicht, ob er damit etwas anfangen kann. Vielleicht denkt er sich dabei, dass sein Kumpel Denis ein ziemlicher Träumer und Luftikus ist. Es sind verschiedene Welten, in denen wir leben, aber wir haben beide etwas gefunden, was unsere Herzen ausfüllt.

Ich kenne Jochen. Er ist tätowiert vom Hals bis zu den Zehen und er wuchs mit Punkmusik auf, verbrachte seine Jugend in besetzten Häusern, riss große Sprüche, war ein bärenstarker Typ, manchmal fast angsteinflößend im Auftreten, veranstaltete Konzerte und träumte davon, auf einer Bühne zu stehen, die Arme zu heben und vor sich ein Publikum zu haben, das wie in Ekstase seinem Rhythmus folgt. Er wurde ein ganz passabler Gitarrist, schaffte es auf kleine Bühnen, später mit einem bekannten Sänger sogar auf Festivals. Er blieb seinen Träumen treu. Er verbog sich nie. Als er merkte, dass er selbst kein Rockstar werden würde, wechselte er die Perspektive und wurde ein sogenannter Stagehand und Veranstaltungstechniker. Er tourte mit großen Acts um die ganze Welt. Er lernte Carlos Santana kennen, die Fantastischen 4, Die Ärzte und eine ganze Menge Promis. Ich verfolge bis heute immer wieder seine Route, obwohl wir uns eigentlich aus den Augen verloren haben.

Jeder Mensch kann vermutlich irgendetwas ganz besonders gut und jeder Mensch kann bestimmte Dinge miteinander kombiniert vermutlich sogar einzigartig gut. Es ist nur leider so, dass sehr viele überhaupt nicht wissen, welche Talente sie haben, nie gefördert wurden oder in eine Richtung gelenkt werden, die völlig entgegen ihrer Bestimmungen ist. Ich will nicht behaupten, dass ich der perfekte Läufer bin. Nein. Es gibt geeignetere Exemplare und dennoch glaube ich fest daran, dass ich laufen muss. Vielleicht muss ich auch laufen und es mit etwas anderem kombinieren, was ich noch nicht gefunden habe. Wenn ich sage: Ich sollte mal wieder laufen gehen!, könnte ich auch sagen: Ich sollte mal wieder meinem Herzen folgen! Es wäre das Gleiche.

Auf einem Campingplatz im Südwesten Sardiniens will der Platznachbar, ein älterer Herr aus der Schweiz, Mitte 70, von mir wissen, ob ich denn wirklich ein Läufer wäre. Er hätte mich anhand der diversen Aufkleber auf meinem Wohnmobil als einen Trailrunner identifiziert, aber mich in all den Tagen nicht einmal joggen sehen. Ich bleibe ruhig und sachlich, versuche souverän zu wirken und versichere ihm, dass ich wirklich ein Läufer bin. Ich fühle mich ertappt von ihm. Ich fühle mich etwas nackt. Er hat recht. Ein Läufer der nicht läuft ist nur schwer vermittelbar. Der Mann verschwindet in seinem Wohnwagen. Ich stehe da. Ich überlege. Ich sollte mal wieder laufen gehen.